# Jungfrau von einem Vampir unterworfen

## Herrschaft und erotische Unterwerfung

## Erika Sanders

**ERIKA SANDERS**

Jungfrau von einem Vampir unterworfen


Erika Sanders
Serie
Herrschaft und erotische Unterwerfung

# Zusammenfassung

Vladimir ist ein Vampir, der einen Gefährten sucht, der ihn in seinem ewigen Leben begleitet.

Kristina ist eine junge Kroatin, die gerade ihren Partner verloren hat und davon am Boden zerstört ist.

Diese Liebe und dieses Leiden lassen ihn sie bemerken und bleiben von ihrem Geist gefangen.

Also beschließt er, sie zu entführen ...

**Jungfrau von einem Vampir unterworfen** ist Ein neuer Roman aus der Erotic Domination-Sammlung, eine Reihe von Romanen mit hohem romantischen und erotischen BDSM-Gehalt.

(Alle Charaktere sind 18 oder älter)

# Anmerkung zum Autorin:

Erika Sanders ist eine international bekannte Schriftstellerin, die in mehr als zwanzig Sprachen übersetzt wurde und ihre erotischsten Schriften, fernab ihrer üblichen Prosa, mit ihrem Mädchennamen signiert.

# Index:

# JUNGFRAU VON EINEM VAMPIR UNTERWORFEN

## ERIKA SANDERS

# ERSTER TEIL VLADIMIR

# KAPITEL I

Vladimir, der bis auf seine blutrote Seidenkrawatte in Schwarz erstrahlte, sah die junge Frau mitleidig an, die sich über das neu bedeckte Grab beugte.

Ihre bitteren, reichlichen Tränen dienten nur dazu, ihren wachsenden Hunger zu stillen.

Seine violetten Augen schimmerten in der wachsenden Dunkelheit, als er nach der richtigen Betonung suchte, um seine Suche fortzusetzen.

Gelangweilt von der üblichen hastigen Raserei seiner Jugend, hatte er eine tiefe Sehnsucht, sich mit dieser gequälten Schönheit wieder aufzufüllen.

Ihr herzzerreißendes Wehklagen erregte das Blut, das durch ihre Adern floss.

Vladimir zögerte nicht und trat aus den Schatten.

Kristina war außer sich vor Schmerzen.

Ihre Arme schlangen sich um ihre Taille und schrien zu Andrej.

Die Leute der Stadt Split hatten sie allein gelassen.

Sie vergaben ihre Verurteilung nicht, weil sie erkannten, dass sie eine Rolle bei Andrejs Tod gespielt hatte.

Kristina und Andrej hatten Pläne gehabt.

Sie müssen in der Kapelle ihrer Stadt geheiratet haben.

Andrej bestand darauf, dass es ein glaubwürdiger Weg sei, Soldat zu sein, um das Geld zu verdienen, das für die Errichtung seines neuen Zuhauses benötigt wird.

Aber mit seinem Tod waren seine Träume gestorben.

Seine Familie war unerbittlich in ihrem Hass, weil sie es nie gebilligt hatten.

Kristina war so verzweifelt, dass sie überlegte, ihr Leben zu beenden.

Dann könnte sie für immer mit Andrej verbunden sein.

Als sie eine Präsenz hinter sich spürte, hob sie ihre tränenbefleckten smaragdgrünen Augen, umrahmt von ihrem schwarzen Schleier der Trauer, zu dem Mann, der schweigend über ihr auftauchte.

Bitte überlasse mich meinem Schmerz. Ich habe dir nichts zu bieten ". Flüsterte sie heiser.

Ihr Blick hatte sich jedoch mit seinem hypnotischen Blick verbunden und sie konnte nicht wegsehen.

"Vergib mir mein Eindringen", brach seine bezaubernde Stimme über sie, "ich dachte daran, dir Trost zu bieten. Ich wollte nicht respektlos sein."

"Lassen Sie mich Sir. Ich möchte allein sein, um es zu trauern."

Seine Stimme war kompromisslos, trotz der kleinen Zweifel, die diese Augen und seine Stimme hervorriefen.

Kristina sah nach unten und konzentrierte sich wieder auf den Dreckhaufen vor ihr.

Vladimir war wütend.

Niemand, niemand hatte es gewagt, ihn so zu verachten.

Dieses unhöfliche Mädchen!

Seine Nerven werden ihn kosten, schwor er schweigend.

Er spürte, wie seine Reißzähne hervorstanden, aber jetzt war nicht die richtige Zeit.

Sein Blut kochte vor mehr als nur Lust.

Er war sehr gut gelaunt, was sehr selten war.

Mit einem letzten berechnenden Blick auf ihren gesenkten Kopf zog er sich kurz zurück, um seine Gedanken zu sammeln.

Er verschmolz noch einmal mit den Schatten, um auf einen angemesseneren Moment zu warten, um zu ihrer Seite zurückzukehren.

# KAPITEL II

Kristina zitterte, als die erfrischenden Schatten, die um sie herumwirbelten, langsam ihren Körper umhüllten.

Er ließ die weiße Rose, die er in seiner Hand ergriffen hatte, auf den Boden fallen, wo Andrej für alle Ewigkeit geschluckt werden würde.

Als letzte, die sie liebte, ergaben sich ihre Eltern letztes Jahr dem Fieber, das ihre Leute gefegt und dezimiert hatte.

Er ging mit schweren Schritten und langsamen Schritten auf das Haus seiner Kindheit zu.

Er öffnete die Haustür und ging die Treppe zu seinem Zimmer hinauf, ohne erkennbaren Appetit.

Er hatte diese drei Tage seit Andrejs Leiche nicht mehr essen können, um begraben zu werden.

Kristina zog sich mit den gleichen glanzlosen Bewegungen aus.

Seine schmerzgefüllten Augen schlossen sich erleichtert.

Ihre Schmerzen endeten für einen Moment, als sie in einen traumlosen Schlaf schlüpfte. Ihre ganze Energie wurde darauf verwendet, Andrej eine angemessene Beerdigung zu sichern.

Vladimir war ihr mit Leichtigkeit gefolgt, immer wachsam.

Als sie keine andere Präsenz im Haus bemerkte, hatte sie darauf gewartet, dass er die Kerze ausblies, und dann flink auf das Gitter neben seinem Balkon geklettert.

Vladimir kroch über den Boden und glitt mühelos zu dem Bett, wo Kristina unruhig unter der Decke lag und leise stöhnte.

Das Mondlicht schien hell durch die offenen Balkontüren auf das Bett.

Ihre Lippen teilten sich zu einem unheiligen Lächeln und sahen zu, wie sich ihre Brust hob und senkte. Die Bänder ihres Nachthemdes lösten sich bis zu dem Punkt, an dem sie über ihrer Brust ruhten.

Ein kleines goldenes Kruzifix umgab ihren Hals, und ihr schwarzes Haar fiel über das Kissen.

Sie streckte einen langen knochigen Finger aus, hakte ihren Fingernagel unter die Spitzenkante und bewegte ihn tiefer.

Ihre Augen leuchteten vor Anerkennung für das nicht markierte milchige Fleisch, das freigelegt war, und die satte rote saftige Brustwarze ragte in der kühlen Nachtluft hervor.

Er atmete den Lavendelduft ein, der auf seiner Haut wehte, und sein Schwanz zeigte ein Flackern von Interesse, aber dann ließ das gleiche Interesse nach.

Vladimir war sich bewusst, dass er, um vollständig erregt zu sein, ein wenig von ihrem Blut nehmen und es mit seinem eigenen mischen muss.

Er beugte sich vor und presste seine Lippen auf ihre Brust, direkt über dem Warzenhof.

Er blies sanft und beobachtete die Krone der Brustwarze noch mehr.

Dunkle Leidenschaften explodierten in seinem Kopf, Möglichkeiten wetteiferten miteinander um die Vorherrschaft.

Als diese Gedanken mit einer erschreckenden Geschwindigkeit flossen, murmelte Kristina 'Andrej'.

Ein Wort.

Vladimir sorgte dafür, dass er seine Erinnerung an Andrej heute mit seinem ganzen Wesen löschen würde.

Und er hatte niemals Versprechen gebrochen, die er sich selbst gegeben hatte.

# KAPITEL III

Wladimir beraubte ihn der Fallen der Menschheit und faltete seine Habseligkeiten sorgfältig und sorgfältig zusammen.

Er kehrte zum Bett zurück, stellte sich auf Kristinas Schenkel und ruckte vorwärts, um seine Reißzähne in ihre Brust zu versenken.

Kristina erwachte mit einem erschrockenen Keuchen und sah auf den dunklen Kopf, der sie berührte, wo noch kein Mann sie zuvor berührt hatte.

Als sie ihre Hände bewegte und seine Haare wegnahm, hob Vladimir seine überzeugenden Augen und hielt sie auf, ohne zu sprechen.

Sie war von der Pracht seines stumpfen Blicks nicht mehr zu verstehen und wurde wie eine Fliege in einem Netz gefangen.

Wladimir's Augen wirbelten vor Leidenschaft und brannten vor reuelosem Bedürfnis.

'Wer bist du? Was willst du mit mir?' Kristina weinte leise. 'Lass mich alleine! Raus aus meinem Haus! Oder ich werde schreien!'

Die ganze Zeit verspotteten ihre rasenden Gedanken sie, weil sie wusste, dass die Dorfbewohner keinen Finger rühren würden.

"Ich bin Vladimir", intonierte er und leckte beiläufig seine tropfenden Zähne mit seiner Zunge. „Und ich bin hier, weil deine Schönheit und Unschuld meine Aufmerksamkeit erregt haben. Ich kenne deine Gedanken, bevor du sie hast und bevor die heutige Nacht vorbei ist, wirst du die Leidenschaft kennen, die ich für dich habe. Machen Sie keinen Fehler, von nun an gehören Sie mir, um zu tun, was ich will. Bitte, und es wird für Sie einfacher, wenn Sie Ihre Erlaubnis geben, Sie zu besitzen.

Vladimir wählte diese Worte absichtlich und wusste, dass Kristina jemandem gehören wollte.

Kristina atmete langsam aus.

Sie hatte gesehen, wie er seinen Mund bewegte, hatte gesehen, wie er ihr Blut schmeckte.

Jetzt wusste sie, dass er ein Vampir war.

Interessanterweise hatte sie keine Angst vor ihm und wurde auch nicht von seinen Handlungen abgestoßen.

Sie fragte sich kurz, ob er sie verzaubert hatte und entschied dann, dass es nicht mehr wichtig war.

Er hatte bereits damit begonnen, sie zu lutschen, und sie wusste, dass alles verloren war.

Sie bereute ihre frühere Urteilsschwäche bei dem Gedanken, ihr Leben zu beenden, und wusste jetzt, dass sie leben wollte.

Ihre Lethargie verschwand und sie kämpfte gegen ihn wie eine Wildkatze.

Sie gerieten in einen Kampf, als sie wusste, dass ihr geliebter Andrej so gekämpft haben musste, um am Leben zu bleiben.

Leider kämpfte Kristina ungleichmäßig und war schnell überwältigt, griff aber zu einer letzten verzweifelten Tat.

Mit Vladimir fest auf ihren Schenkeln verankert, seine Knie hielten sie an Ort und Stelle und seine Hände hielten ihre Arme nieder, als sie sich über ihren Kopf ausbreiteten, zog sie sich zurück und stieß dann nach oben, um ihn zu beißen, wobei ihre Zähne in seine Schulter sanken.

Vladimir lächelte, weil Kristina sich versehentlich noch mehr mit ihm verbunden hatte.

Und anstatt sich befreien zu können, war sie mit diesem kleinen Blutaustausch bereits in seinem Besitz.

"Ah meine energetische Schönheit, du wirst immer zu mir gehören", schnurrte er. "Ich bin von nun an dein Lehrer."

Vladimir versenkte seine Reißzähne in ihrer makellosen Brust und zog gierig von ihr ab.

Ein Strom von reichem Blut sammelte sich, um den Hügel hinunter ins Tal zwischen ihren Brüsten zu rennen.

Er bewegte sich schnell entlang ihres Körpers und biss sie bei seinen Erkundungen zufällig noch mehr.

Er hatte keine Gedanken daran, sie sanft zu initiieren.

Ich war fasziniert von ihrem Geist und ihrer Lebendigkeit.

Er trat die Bettdecke mit dem Fuß zurück und wickelte das Kleid um ihre Taille, um für einen Moment zu feiern, was er gefunden hatte.

Diese seidenen Schenkel erwarteten ihn dort.

Kristinas Körper zitterte vor Bedürfnissen, die sie nicht verstand.

Sie wand sich unter seiner meisterhaften Berührung.

Sie wand sich unaufmerksam und erstickte an Empfindungen.

Die Nervenenden kribbeln wiederholt über ihre gesamte Länge, antizipieren und stimmen fieberhaft seinem Geliebten zu.

Als Vladimir seine Reißzähne in ihren Oberschenkel versenkte, sein Oberkörper ungewollt gestreckt war und diesmal seine Haare packte, zog er ihn fester über diese blasse Haut.

Diese warme Haut an seinem kalten Körper war eine willkommene Erleichterung.

Vladimir trank satt und versiegelte diese Wunde mit einem Schoß seiner Zunge.

Er konnte fühlen, wie das Blut aus seinem Schwanz sprudelte und schwerer wurde.

Es war lange her, seit er mit seinem Mitglied das Fleisch einer Frau durchbohrt hatte.

Er hatte diese Frau mit exquisiter Sorgfalt ausgewählt.

Er war scharf auf diejenigen eingestellt, die Schmerzen hatten, und hatte sie abseits seiner normalen Jagdgründe aufgesucht.

Nachdem er über sechs Jahrhunderte gelebt hatte, konnte er einerseits zählen, wie oft er sich gepaart hatte.

Im Bewusstsein, dass Kristina nicht von einem anderen Mann gefickt worden war, führte er ihre Hand zu seinem geschwollenen Schwanz und ermutigte sie, ihn zu ergreifen.

Sie experimentierte ein paar Minuten, fuhr mit den Händen darüber und lernte Form, Textur und Stärke.

Ermutigt von seinem unterdrückten Atem, der auf harte Weise freigesetzt wurde, packte sie ihn fester und streichelte seinen Schwanz härter und schneller.

Sie suchte Zustimmung in ihren Augen und wusste, dass sie ihm durch die offensichtliche Erweiterung gefiel.

Seine Hände fanden schamlos einen natürlichen Rhythmus und er übte an verschiedenen Stellen Druck aus.

Geduldig, fast zärtlich, schweigend, erlaubte Wladimir ihr diese Freiheit.

Das Wissen, dass sie für alle Ewigkeit seine war, brachte ihn dazu, sie unterrichten zu wollen.

Aber mit brennendem Verlangen ging ihr bald die Geduld aus.

Seine Finger erkundeten ihre feuchte Öffnung und testeten ihre Bereitschaft.

Er neckte ihre Lippen, fuhr mit seinen Fingern durch ihre Locken, zog an ihnen und fühlte ihre Wärme.

Kristina bewegte sich unter seiner Hand und suchte nach Antworten auf diese seltsamen Gefühle, die an unbekannten Orten in ihrem Körper schmerzten.

Verlegen von der Feuchtigkeit suchte sie noch einmal seine Augen mit ihrer unausgesprochenen Frage.

„Kristina, das ist ein Wunsch. Dies ist dein Körper, der sich auf mein Vergnügen vorbereitet und was dein Vergnügen sein wird. "

Kristina hätte sich nicht wundern sollen, dass er ihren Namen kannte.

Es wurde immer offensichtlicher, dass er alles wusste.

Vladimir's Augen schimmerten, als er ihre Gedanken las.

Es war bereit, willens und brandneu.

Bevor er sie fickte, würde er sie probieren.

Er war nicht länger immun gegen ihre Reize, er war nicht länger wütend, er hungerte immer noch nach Hunger, um diese brennenden Leidenschaften zu stillen.

Er bewegte sich tiefer über ihren Körper und legte seine Lippen und Zunge über ihre Muschi.

Er steckte seine Zunge hinein und fühlte, wie sie unter und um seine Berührung zitterte.

Er bewegte seine Zunge in sie hinein und aus ihr heraus und erhöhte diesen Druck noch immer. Kristinas Hüften pumpten und drückten auf natürliche Weise, um seine Zunge zu treffen.

Ohne nachzudenken, passte sie zu ihren Leidenschaften.

Gerade als sie am Rande stand, zog er sich zurück, um einen Fang in ihren Kitzler zu versenken.

Sie schnappte nach Luft, als sie über diesen Rand der Leidenschaft fiel und ihre Säfte auf seine wartende Zunge verschüttete.

Er trank tief, genau wie zuvor gegen ihren Oberschenkel.

Vladimir freute sich und spürte sein Sperma auf seiner Zunge. Die Säfte, die ihm durch den Hals liefen, belasteten seine Erektion weiter.

Dies war so außer Kontrolle wie erlaubt.

Kristina zu beherrschen und zu erfreuen begeisterte ihn bis ins Unendliche.

Er beobachtete den letzten Orgasmus und sah ihr dann ins Gesicht.

Sie leuchtete im Mondlicht, und das ungezügelte Verlangen blieb in ihren Augen.

# KAPITEL IV

Kristina war außer sich und verstand immer noch nicht, was los war.

Ihr ganzer Körper war lebendig und prickelnd und sie hatte Vladimir dafür zu danken.

Sie fand ein Selbstvertrauen, das vorher unbekannt war, und glitt tapfer über das Bett zu seinem Mund.

Sie nahm seine Lippen gefangen, biss und knabberte spielerisch und bat ihn schweigend, weiterzumachen.

Sie schlang ihre langen Beine um seine Taille und drückte ihn gegen ihre Mitte.

Es hatte immer noch einen Hauch von Kälte, aber weniger als zuvor.

Es fühlte sich gut an, er fühlte sich direkt zwischen ihren Schenkeln eingebettet.

Sie bewegte ihre Hüften leicht, ihre Leidenschaften waren noch lange nicht zu Ende.

Vladimir war amüsiert über seine offensichtlichen unerfahrenen Versuche zu blenden, ein mehr als williger Teilnehmer.

Spaß zu haben bedeutete jedoch nicht, dass er sich etwas gönnen würde.

Er bewegte seine Hand zu seinem Schwanz und stieß sie vollständig in seine Hitze, wobei er leicht sein Hymen brach und übertraf.

Sie protestierte ohne Anzeichen eines Kampfes und veranlasste Vladimir, sich ohne Hemmungen gewalttätig und unverfroren zu bewegen.

Er war noch nie mit einer jungfräulichen Frau vertraut gewesen, die ihn so bereitwillig eingeladen hatte, sie ohne Protest zu ficken.

Seine frühere Meuterei wurde vergessen, als er sie zu seiner machen wollte, jetzt war er völlig unterworfen.

Als er seinen Schwanz in ihrer Muschi streichelte, streichelte er auch ihren Kitzler und fühlte die erhabene Keder, die ihr Fang hinterlassen hatte.

Jeder Schlag ist heißer als je zuvor und erhöht Ihre Körpertemperatur mit Ihren uneingeschränkten Bewegungen.

Er lehnte einen Ellbogen an seine Seite und griff nach einer Brustwarze, fühlte, wie sie bürstete.

Während er zuvor nur begrenzte Gefühle hatte, explodierte sein Geist in ein Kaleidoskop von Farben.

Diese Kopplung hat Ihre Erwartungen übertroffen.

Kristinas Körper zog sich um ihn zusammen und packte ihn wie kein anderer zuvor.

Ihr Stöhnen nahm zu, ihre Atmung verlangsamte sich zu einem Keuchen.

Mit seinem Saft poliert, spürte Vladimir, wie er sich noch weiter ausdehnte und wusste, dass er kurz davor war zu kommen.

Mit einem letzten Stoß schickte er sie beide über die Kante.

Scharfes Heulen der Leidenschaft vermischte sich.

Vladimir pumpte ununterbrochen in Kristina hinein, das Gefühl, am Leben zu sein, das er seit seinem Wechsel erlebt hatte.

Er zog sie näher an sich heran, bewegte ihren Körper hoch und wischte sich das Blutstropfen zwischen ihren Brüsten ab, bevor er zu ihrem Mund weiterging.

Er drückte seinen Mund für einen Moment fest gegen sie, bevor er den Kuss milderte.

Achten Sie darauf, seinen Schwanz dort zu lassen, wo er war.

Ihre anfängliche volle Paarung ließ ihn immer noch nach mehr verlangen.

Für den Moment war er zufrieden damit, sie zu streicheln und an ihren Armen zu ersticken.

Nachdem er mehr als fünfeinhalb Jahrhunderte lang den Schlaf der Untoten geschlafen hatte, wurde er neugierig auf eine andere Art und Weise verbracht.

Kristina umarmte ihn fester und umarmte sich so gut sie konnte für sein liebes Leben.

Obwohl sie genauso müde und ausgelaugt war, wurde sie durch ihre Verbindung mit Vladimir mit Energie versorgt.

Kurz bevor sie einschlief, war ihr letzter Gedanke, dass es sich lohnt, sich ihrem Vampir zu unterwerfen.

# ZWEITER TEIL
# KRISTINA

24

# KAPITEL V

Ich bin erschrocken aufgewacht.

Das Sonnenlicht, das durch das Fenster kam, erwärmte meinen Körper.

Ich hielt meine Augen geschlossen und streckte mich.

Ich fühlte mich wie unbekannte Muskeln, die aus Protest schrien.

Ich wunderte mich über diese mysteriösen Schmerzen und öffnete meine Augen für eine seltsame Umgebung.

Der Atem, der aus meinem Hals zischte, ließ mein Wohlbefinden sofort verschwinden.

Ich machte ohne zu zögern das Kreuzzeichen, stand auf und kniete nieder, um zu Gott zu beten.

Was wurde mir noch mehr Böses aufgezwungen? Sagte ich mir schweigend.

Hat es nicht genug auf meinen Kopf geregnet?

Ich habe keine Antwort erhalten.

Als ich durch die Bettwäsche kramte, schob ich sie beiseite, um meine Sachen zu finden und diesen seltsamen Ort zu verlassen.

Flucht war für mich oberste Priorität.

Meine schnellen Bewegungen machen mich etwas schwindelig.

Ich griff nach dem Bettpfosten, um mich zu stabilisieren.

Als ich nach unten schaute, war ich beeindruckt von der Tatsache, dass sie ein sehr schönes Nachthemd aus weißem Stoff trug, etwas, das nicht mein Eigentum war.

Meine Ängste nahmen mit jedem Augenblick zu.

Mein Körper begann zu zittern und dachte darüber nach, wie ich hierher gekommen war.

Ich vergaß meinen Zweck, meine eigenen Kleider zu finden, rannte zur Tür und stolperte, als ich über den Saum stolperte.

Als ich schwer gegen die Tür fiel, kratzte ich am Türknauf und wusste instinktiv, dass ich darin eingesperrt war.

Wütende und verängstigte Tränen fielen, als ich mich den Folgen meiner Inhaftierung stellte.

Ich drehte mich um, um das Fenster zu studieren und stellte fest, dass es dort kein Entrinnen gab, aber ich trat näher, um es selbst zu sehen.

Verzweifelt fiel ich auf die Knie, als ich mindestens drei Meter unter mir auf den Boden starrte.

Ich blieb so inkohärent und untröstlich, bis ich merkte, dass mein Arm und meine Finger mich von der Intensität dieser sengenden Sonne verbrannten.

Als ich nach unten schaute und die gerötete Haut bemerkte, eilte ich vom Fenster weg, Erinnerungen an die Nacht, bevor ich zurückflutete.

Mit Entsetzen habe ich alles noch einmal erlebt.

# KAPITEL VI

Vladimir schlief in einer sicheren Umgebung, während sich sein Körper verjüngte.

Er hatte Kristina unter Ausnutzung der Dunkelheit der Nacht zu seinem Schloss gebracht.

Ihr flaches Atmen zu sehen, als sie sich unwissentlich an ihn kuschelte, brachte ihm eine neue Entschlossenheit, sie für immer bei sich zu behalten.

Er hatte sie in das schönste Nachthemd gewickelt und sie auf die Stirn geküsst.

Zufrieden mit dem Guten, das er am vergangenen Nachmittag für uns beide getan hatte.

Nachdem er sie in ihrem neuen Zuhause untergebracht hatte, schloss sie sich bis zum nächsten Sonnenuntergang ein.

Ruhe war unerlässlich, da sich die ersten Sonnenstrahlen über den Himmel ausbreiteten.

Sein letzter Gedanke, bevor er dem süßen Traum erlag, war, dass er sich ein sehr heißes Kätzchen geholt hatte!

* * *

Kristina rieb sich wirkungslos die Augen, als wollte sie die Erinnerungen löschen.

All dies verstärkte nur die blendenden Kopfschmerzen, die ich hatte.

Ich war mir meiner nächsten Bewegung nicht sicher und saß zusammengerollt zu einem engen Ball zusammen, um mich so klein wie möglich zu machen.

Die Traurigkeit prägte mein Gesicht.

Ich sehnte mich klagend nach der Rückkehr meines alten Lebens, bevor alles zur Hölle ging.

Ich runzelte konzentriert die Stirn und wusste, dass es etwas oder jemanden gab, den ich vergessen hatte.

Ich kämpfte ununterbrochen und blieb unwissend.

Was auch immer es ist, es wird zurückkommen.

Ich musste die Hoffnung behalten.

# KAPITEL VII

Überrascht, dass meine Gedanken so weit verirrt waren, war ich überrascht zu sehen, dass sich draußen Dunkelheit bildete.

Ich saß den ganzen Tag.

Unglaublich aufgedrückt in meiner gebeugten Haltung stand ich unbeholfen auf und bemerkte zum ersten Mal die Wasserschale in der Ecke des Raumes.

Ich kroch mit der Absicht, etwas von der verbleibenden Klebrigkeit zu entfernen.

Die Klebrigkeit, die ich kannte, vergoss jungfräuliches Blut auf meinen Schenkeln.

Plötzlich wütend über das, was ich verloren hatte, wusch ich mich wütend, wie es jeder Boshafte getan hätte, wenn er erfolglos seine Hände gerungen hätte.

Als ich seine Gegenwart spürte, empört über meine Gefangenschaft und Verletzlichkeit, drehte ich mich zu ihm um.

Ich stieß ein Herz aus, das aufhörte zu weinen, und stürzte mich mit zusammengerollten Nägeln auf ihn, um sein Gesicht zu kratzen.

Meine ganze Wut konzentrierte sich auf seine Arroganz und Einbildung.

Vladimir nahm leicht meine Hand und zog sie hinter meinen Rücken, zog mich näher an ihn heran.

Ich hob meine Brust, starrte ihn an und dachte daran, ihm ins Gesicht zu spucken.

Dann überlegte ich es mir besser und beobachtete seinen Granitausdruck.

Ich versuchte aufgeregt, ihn anzusehen, Arroganz war in jeder Linie meines Körpers zu spüren.

***

Vladimir lachte!

Sie schätzte ihren Geist und dachte, dass sie in ihrer Wut schön war.

Er wusste, dass sie ihm bei der geringsten Gelegenheit lieber die Augen ausstechen würde und wusste, dass er dieser unermüdlichen und vergeblichen Anstrengung sofort ein Ende setzen musste.

In der Absicht, sie nach Belieben zu dekantieren, beugte er sich vor und veranlasste Kristina, ihren Körper zurückzulehnen.

Ein kleiner hoher Schrei huschte über ihre Lippen.

Er kämpfte vergeblich, stöhnte und Wut strömte aus seinem Körper, als er entschlossen war, sie zu dominieren.

Zufrieden, dass sie seine Macht und Impotenz erkannte, richtete er sich wieder auf.

Er enthüllte sich und versenkte seine Reißzähne in seiner Brust. Sein Kruzifix schwang wild mit seinen ruckartigen Bewegungen.

Sie beruhigte sich bald und ließ ihn satt trinken.

Mit einem gierigen Schimmer in den Augen lehnte er sie gegen das Bett, positionierte sie so, dass ihr Bauch am Bodenbrett lag und legte ihren Arsch ihm aus.

Ohne Zeremonie hob er das Nachthemd von ihrem Körper und schob seinen harten Schwanz in sie hinein.

Wegen ihrer Zumutung fickte er sie hart und kümmerte sich nicht darum, ob sie bereit war, ihn zu empfangen.

***


Kristina ihrerseits reagierte widerwillig auf seine Stöße.

Ich bemerke, wie es fertig wurde, weil der Saft aus meiner Muschi tropfte.

Der vorherige Angriff hatte mich angemacht, die feine Linie zwischen Wut und Leidenschaft kreuzte mühelos in meinem Kopf.

Mit meinem Arm immer noch hinter meinem Rücken gebeugt und meinem Körper nach vorne gebeugt, konnte ich wenig tun.

Es saß auf meinen Fußkugeln, um Wladimir's Schwanz aufzunehmen.

Die körperliche Spannung erhöhte nur unsere Kopplung.

Ich umhüllte ihn mit meiner feuchten Hitze und trug ihn vollständig hinein.

Jeder Impuls brachte mich diesem ätherischen Gefühl aus der Nacht zuvor näher.

Daran erinnerte ich mich deutlich, der Rest meines Lebens vor ihm war immer noch geheimnisvoll.

Ich konnte fühlen, wie ich dank seines pochenden Schwanzes zusammenbrach, ein Seufzer des Vergnügens entkam meinen Lippen.

Es war mir egal, was er zuvor getan hatte, er war bereits begeistert.

***

Vladimir spürte, wie Kristina ihn willkommen hieß und bückte sich noch einmal, um einen einzigen Fang in ihren Nacken zu versenken, als er wieder in ihren Arsch knallte.

Zufriedenheit schimmerte von ihm, als er von innen anfing.

Er wollte ihre Porzellanhaut nicht beschädigen und legte seine Zunge über die Stelle, an der er die durchdringende Markierung an ihrem Hals hinterlassen hatte, und versiegelte sie erneut.

Er leckte das Blut von seinem Fang und ließ ihren Arm los.

Dann ging er weg, um ihr den Luxus des Stehens zu ermöglichen.

# KAPITEL VIII

Kristina schätzte die Geste und zuckte unbewusst mit den Schultern.

Ich drehte den Kopf und fuhr mir mit der Zungenspitze über die Lippen.

Ich war überrascht, dass ich nach mehr hungerte.

Ich drehte mich um und stürzte mich auf Wladimir, nicht wütend, sondern mit brennender Leidenschaft.

Überrascht fielen wir zu Boden.

Ich lachte entzückt über den überraschten Ausdruck in seinem Gesicht und verzog meine Lippen zu einem bösen Lächeln.

Er war anfällig für Dinge, die nur er mich fühlen, erleben und vergessen ließ.

Als ich an seinen Schwanz in meinem Mund dachte, bewegte ich seinen Körper nach oben, wo er zitternd lag.

Ich kniete zwischen ihren Knien, mein Gesicht ruhte in meinen Händen und starrte sie eine Weile an.

Die Seidigkeit ihres schwarzen Haares tauchte bei meiner Berührung wieder auf.

Ich breitete meine Finger durch ihn aus und beobachtete, wie interessante Dinge mit seinem Schwanz passierten.

Speichel taucht in meinen Mundwinkeln auf.

Ich hungerte nach seinem Geschmack und Geruch.

Ungeduld lief durch meinen Körper wegen meiner angeblichen Trägheit.

Ich ließ meine Augen auf seine treffen und als ich meine Augen schloss, bewegte ich meinen Mund über seinen Schwanz.

Gebannt, gefangen in seinen dunklen Augen, Augen voller ungezügelter Inbrunst.

Eiskalt kollidierte sofort mit warmer Hitze.

Keiner von uns schaute weg und feierte mit dem entsprechenden Wunsch, der uns umhüllte.

Mein heißer, nasser Mund nahm ihn auf und umhüllte ihn.

Ich fing an zu saugen, als hinge mein Leben davon ab.

Als ich meine Streicheleinheiten vertiefte, liefen meine Zunge und meine Lippen wild, als sein Schwanz noch größer wurde.

Meine Brustwarzen verzogen sich, als sie die Seiten ihrer Schenkel und den Teppich unter unseren schlaffen Körpern berührten.

Ich drückte ihn mit meinem Blick und meinem Mund weiter und wollte seine Welt erschüttern und seine Überlegenheit beiseite legen.

* * *

Vladimir las genau alle Emotionen, die sich in Kristinas Augen widerspiegelten.

Wenn sie dachte, er würde sich von ihr täuschen lassen, lag sie leider falsch.

Er ließ sie ihre kleine Rebellion haben und war wirklich der Sieger, als er sah, wie ihr Kopf auf seinem voll geschwollenen Schwanz auf und ab schwankte.

Ihr schwarzes Haar fiel frei über ihre Schenkel, Schweiß auf ihrer Oberlippe von ihren Bemühungen.

Vladimir triumphiert zu Ihren Diensten.

Und sie lernte schnell.

"Sie verwandelt sich in einen guten Schwanzlutscher, ein zusätzlicher Bonus für meinen Sieg", überlegte er.

Er ermutigte sie noch mehr, indem er ihre Hüften an ihren eifrigen Mund hob.

Er schüttelte wild seine Zungenbewegungen.

Vladimir spürte, wie sich die letzte Welle näherte, ebenso wie Kristina.

"AAAAhhhhhhhhhhhhhh!"

Ihr Schrei hallte durch das Schlafzimmer.

Verdammt, das war fantastisch!

Große Mengen Sperma flossen aus seinem Schwanz in seinen wartenden Mund.

Kristina hielt alles fest und saugte weiter daran.

Er saugte den letzten Samenfaden ein und atmete laut aus.

Als Kristina wusste, dass er damit fertig war, sie zu füllen, lehnte sie ihre Wange an seinen Oberschenkel und leckte die letzten Tropfen Sperma von ihren Lippen.

# KAPITEL IX

Kristina, komm her!

Die Stimme befahl.

Ich hatte an seinem Oberschenkel geschlafen und mein Körper reagierte sofort auf den peremptoristischen Ton.

Ärgerlich, weil er nach dem, was wir teilten, so mit mir sprach, blieb ich, wo ich war.

Er lernte diese Lektion nicht leicht im Gehorsam.

Vladimir seufzte über meine Schüchternheit und rollte sich zu seiner Seite.

Sie stand anmutig und ging zum Schrank gegenüber.

Während ich die verschlossenen Türen öffne, schaue ich mir an, was dort aufbewahrt wurde.

Ich täuschte Gleichgültigkeit vor und schloss die Augen.

Auf meinem Rücken streckte ich meinen Körper träge gegen den dicken Teppich.

Er muss gefunden haben, wonach er gesucht hat, weil er wieder an meiner Seite war.

Plumpsen! Plumpsen! Plumpsen!

Überrascht drehte ich mich um oder versuchte es eher, meine Hände flogen zu meinen nackten Brüsten.

Vladimir hatte sich auf meine Schenkel gesetzt und als ich aufsah, konnte ich die langstielige Peitsche sehen, die er trug.

Er wollte gerade wieder angreifen und runzelte die Stirn vor Intensität und Ungeduld.

Ich hatte ihn mit meiner anhaltenden Opposition verärgert.

Er wartete auf den nächsten Bestrafungstreffer, denn es war tatsächlich eine Bestrafung.

Mit der Angst, diese Befriedigung zu ersetzen, verschwand mein Lächeln.

Meine Augen weiteten sich auf seinen Kugeln und fühlten sich verloren und hilflos, ohne offensichtliche Flucht.

Mit meinem schnellen Atmen und meiner Ruhe wurde ich verrückt!

Er tanzte die Peitsche nach dem Zufallsprinzip und klopfte leicht gegen meine Haut, nicht hart, aber mit genug Kraft, um meinen Willen meiner Unverschämtheit aufzuzwingen.

Ich musste Demut und Unterwerfung schnell lernen, sonst würde ich nicht überleben, wenn die Peitsche mich erneut bestrafte.

* * *

Vladimir war schlecht gelaunt, seine Schocks verdrehten seine hübschen Gesichtszüge.

Er war trotz seiner natürlichen Tendenzen nicht gewalttätig.

Er zog es vor, sie mit seinem Auftreten und Charme zu fesseln, aber als letztes Mittel würde er dies tun und diese physische Darstellung seiner Kräfte zeigen.

Zu ihrem Leidwesen bedauerte sie den Punkt, den sie erreicht hatten.

Er würde jedoch ihre Haut nicht markieren und er hatte nicht die Absicht, ihren Geist vollständig zu brechen, er wollte nur, dass sie mehr auf seine Bedürfnisse achtete.

Vampire hatten sie auch.

Er bedeckte wiederholt ihren ganzen Körper mit diesen Liebkosungen.

Er schwang die Peitsche, mit der er lange geübt hatte, bis er sie schließlich auf seine Füße legte.

Seine Geduld bekräftigte sich erneut vor seiner Konformität und seiner Sanftmut, seine Vormachtstellung zu akzeptieren.

Kristina war in mehrfacher Hinsicht ein Match für ihn, aber nicht, wenn es um seine Autorität ging, alles andere zweifellos außer Kraft zu setzen.

* * *

Kristina seufzte, als sie endlich die Peitsche fallen ließ.

Vielleicht wäre es meine Buße und mein Heil, sich ihm zu unterwerfen.

Vladimir streckte eine Hand aus, um mich hochzuheben.

Ich war dankbar dafür.

Als ich aufstand, verwickelte ich meine Hände in die Haarsträhnen auf seiner Brust.

Er zog spielerisch meine Locken nach unten, steckte einen Finger ein und dann streckten zwei sie.

Ich legte meine Hände auf seine Schultern und spreizte meine Beine, um mich zu stabilisieren.

Ich fing meine Augen wieder mit seinen auf, spürte seine Kraft und atmete schneller.

Seine Finger gleiten mit meinen Säften, die sich jetzt schnell bewegen.

Er brachte sie schnell zu unserem jeweiligen Mund und wir säugten sie.

Meine Augen weiteten sich, als ich mich selbst testete.

Dann kam es wieder runter, um den Vorgang zu wiederholen.

Die Säfte flossen meine Schenkel hinauf, so dass ich mich gegen diese Finger wand und noch mehr wollte.

Zittern glitt aus meinem Bauch.

Meine Muschi pochte und schlemmte gegen seine magischen Finger.

Ich steckte meine Finger in seine Haare und brachte seinen Mund zu meinem.

Ich genoss es und steckte meine Zunge hinein, um gegen seine zu kämpfen und nachzuahmen, was anderswo geschah.

Gott, es war großartig.

Ich knurrte in seinen Mund, als ich herrlich nach diesen neugierigen Fingern griff.

Ich unterbrach den Kuss und drehte mein Gesicht zu seiner Brust, um die anhaltenden Auswirkungen meines Orgasmus zu genießen.

# KAPITEL X.

Nachdem Kristina sich erholt hatte, brachte er sie ins Bett.

Sie fielen auf die verstreute Bettwäsche und machten sich daran, etwas zu tun, was sie vorher nicht wirklich getan hatten.

Langsam erkundeten sie nachdenklich die Körper des anderen.

Hände und Lippen auf der Suche nach unentdeckten Schätzen und relativ intakten Teilen.

Vladimir rollte Kristina auf ihren Bauch und ließ ihre Hände frei.

Er knetete und formte die zarten Muskeln ihres Rückens und küsste sie über ihren Rücken bis zu den Fußsohlen.

Er kitzelte sie mit seiner Zunge und brachte sie zum Lächeln.

* * *

Nachdenklich drehte ich mich auf den Rücken, gestikulierte mit meinen Händen und zog Vladimir zu mir.

Ich schloss meine Arme um ihn und staunte über die Kraft der Spannung in seinem Körper.

Ich schlang meine Beine um seine Taille und ruhte dort.

Ich nahm sein Gesicht in meine Hände und spannte seine Lippen mit meinen an, verschmolz mit dem Kuss.

Erfreut über seine Niedlichkeit ging ich weiter.

Seine Haut traf meine.

Ich bewegte mich gegen sie und sehnte mich nach dem Kontakt.

Zufriedenheit lief mir durch die Adern.

* * *

Vladimir war bereit zu folgen, wohin sie diesmal führte.

Sein Schwanz rührte sich gegen die ständige Nässe ihrer Muschi und suchte den verborgenen Eingang.

Er strich mit dem Daumen über ihren Kitzler, wodurch ein kleiner Ausruf von ihren gescheitelten Lippen fiel.

Als er ihr unausgesprochenes Signal laut und deutlich empfing, entspannte er sich in ihrer Wärme.

Langsame, lange Bewegungen und sogar in Begleitung des Daumens.

Sie bewegte ihre Hüften und zog ihn näher an sich.

Die Liebe, die damals stattfand, war süß und aufrichtig.

* * *

Kristina übte, ihre Muskeln gegen seinen harten Schwanz zu drücken.

Pulsierend schlossen ihn meine Knöchel in meine Hitze ein.

Instinktiv streckte ich die Hand aus, um an seiner Brust zu knabbern.

Das kleine Mitglied bildete sich jetzt dort zwischen meinen verspielten Brustwarzen.

Ich leckte seinen Körper und schüttelte meine Hüften.

Bei Wladimir's Antworten breitete sich pure Freude in meinem Körper aus.

Genießen Sie die Wirkung, die wir aufeinander ausüben.

Ohne nachzudenken, ohne Zeit oder Realität geben wir uns gegenseitig hin.

"Mein Herr Wladimir, ich werde für immer bei Ihnen bleiben."

"Kristina, aus freiem Willen nehme ich dein Angebot an."

Wir haben unseren Deal für den Rest der Nacht abgeschlossen.

# DRITTER TEIL
# ANĐELKO

41

# KAPITEL XI

Wieder war Kristina allein, als sie aufwachte.

Mit dem vollen Wissen beider waren sie jedoch in der Nacht zuvor vollständig gesättigt.

Ein kleines Lächeln erschien auf seinen Lippen, als er sich lustvoll streckte und den Tag begrüßte.

Sein Körper schmerzte, aber es war mit einem Gefühl des Wohlbefindens.

Plötzlich wurde ihr klar, was sie veranlasst hatte, aus den üppigen Träumen hervorzugehen, die sie erlebt hatte.

Starkes Klopfen an der Haustür.

Plumpsen! Plumpsen! Plumpsen!

Und eine Stimme schrie aufgeregt und vor Wut erhoben.

Nachdenklich zog sie die Robe an, die Vladimir ihr hinterlassen hatte, und eilte zum Fenster.

Stankov!

Was machte Andrejs Bruder hier?

Er schlug erneut frustriert mit der Faust auf die Tür und wirbelte vor dem Portal herum.

"Stankov!" Sie schrie als Antwort auf ihre Not.

Er richtete seinen wütenden Blick wieder auf ihr Gesicht.

"Was machst du hier? Ich dachte, niemand würde mich vermissen oder für mich kommen."

"Kristina! Geht es dir gut?" Seine Stimme war heiser, stark und voller Erleichterung. "Ich bin gekommen, um dich dorthin zurückzubringen, wo du hingehörst. Goran hat gesehen, wie dieser Dämon dich runtergezogen hat und wir haben dich in den letzten zwei Tagen verfolgt. Komm, Kristina, der Tag wächst und wir müssen schnell weg sein."

Seine Dringlichkeit übertrug sich auf sie, aber sie wusste, dass es nicht sein konnte.

Wladimir würde ihn zusammen mit allen anderen Dorfbewohnern zu Tode schlagen.

"Sie müssen aufhören, Stankov. Jetzt gehöre ich zu Wladimir." Er rang die Hände, als er dies sagte, und hoffte, dass die Besorgnis, die er fühlte, nicht mit Stankov kommunizierte. "Ich kann nicht mit dir gehen. Ich habe mich ihm unterworfen und mein Schicksal akzeptiert."

"Das kannst du nicht sagen, Kristina! Wenn du Andrej liebst, würdest du das nicht sagen." Er bekreuzigte sich schnell. "Du schämst dich und die Erinnerung an meinen Bruder. Gehst du jetzt aus oder gehe ich hinein?"

Sie geriet in Panik.

Stankov war stur und konnte gewalttätig sein.

Er hatte seinen sanften Andrej gequält, als er aufwuchs, ihre Träume verspottete und sie als seine Wahl verspottete.

Stankov hatte vor langer Zeit entschieden, dass er sie haben würde, und als sie seine Fortschritte ablehnte, war er wütend.

Stankov hatte sogar versucht, sie zu kompromittieren und sie zu missbrauchen.

Su Andrej, der wusste, dass die Wahrheit auf ihrer Seite stand, verteidigte sie.

Dies hatte dazu geführt, dass sie aus dem Dorf ausgegrenzt worden war.

Oh, er hasste Stankov heftig.

Er war die Quelle eines Großteils ihres Unglücks.

Stankov hatte Andrej dazu veranlasst, sich der Armee des Kaisers anzuschließen.

Seine Augen brannten vor Verachtung.

Er würde es egoistisch benutzen und es seinen Freunden übergeben.

Sie dankte Gott jetzt, da Wladimir sie gefunden hatte.

Was für eine seltsame Wendung hatten die Ereignisse genommen.

Auf ihrer Oberlippe bildete sich Schweiß.

Er musste denken und seine Worte mit Bedacht wählen.

"Stankov, ich habe ein neues Zuhause gefunden und möchte in Frieden wohnen. Sie können alle meine Besitztümer haben, gehen Sie einfach und lassen Sie mich in Ruhe. Meine Entscheidung ist getroffen."

Sie versuchte ihn zu besänftigen und flehte ihre Stimme an.

Stankov war gierig; er könnte für die Idee weitermachen.

Er hasste es, so feige zu sein, aber seine Möglichkeiten waren so begrenzt.

Er knurrte:

"Das ist noch nicht vorbei, Kristina. Ich komme zurück und habe dich! Du hast gerade das Unvermeidliche verschoben." Seine Stimme war voller sadistischer Freude. "Und ich werde dich dafür bezahlen lassen, dass du jetzt nicht gehst."

Er wirbelte herum und rief Goran zu.

Er taumelte auf die Pferde zu.

Oaf! Sie dachte.

Er war groß, aber mit gebeugten Schultern und fadenförmigem, fettigem Haar.

Sein Atem war beleidigend und seine Zähne schwarz.

Sein ungepflegtes Aussehen minderte jedoch nicht die Kraft in seinem Körper.

Seine Brust und Arme waren muskulös und seine Schenkel waren kräftig gebaut.

Sein Schritt wurde länger und er warf einen letzten Blick darauf, wo sie verwurzelt war.

Er war das genaue Gegenteil von Andrej, seufzte sie.

Wo Stankov nur brutale Gewalt war, war Andrej Poesie und Schönheit gewesen.

Oh wirklich, wie ich ihn vermisst habe.

Sie seufzte erleichtert auf, als sie gingen, aber jetzt hatte sie ihre Erinnerungen an Andrej.

Sie weinte leise und Tränen liefen über ihre Wangen, als sie sich entlastete.

Das Lachen und die Freude, die sie miteinander geteilt hatten.

Die Sanftheit seiner Küsse, so süß und liebevoll.

Schmerz erfüllte ihre Seele noch einmal bei ihrem Verlust.

# KAPITEL XII

Vladimir regte sich und stöhnte im Schlaf.

Er hatte das Gefühl, dass die Dinge nicht richtig waren und das machte ihn sehr wütend.

Seine Gedanken suchten nach Kristinas Aufenthaltsort, froh, dass sie in seinem Zimmer war.

Er runzelte die Stirn bei ihren Tränen und war frustriert, dass es zu früh war, zu ihr zu gehen.

Er versuchte sich mit seinem Verstand zu verbinden, um nach seinen Antworten zu suchen, aber er fand es für ihn geschlossen.

Dies sollte nicht geändert werden.

Er dachte nach.

So entschlossen sie auch ist, sie muss auch diese Form der Kommunikation lernen.

Da er wusste, dass er im Moment nichts tun konnte, beschloss er, seine Kraft zu bewahren und dem auf den Grund zu gehen, als er auftauchte.

* * *

Kristina spürte, wie ein Pinsel von etwas über ihren Verstand rutschte.

Momentan abgelenkt versuchte sie, die Quelle ihres Unbehagens zu finden.

Sinnlosigkeit traf seine Bemühungen.

Seufzend wischte sie sich die Tränen aus den Augen und wandte sich vom Fenster ab.

Das Zimmer war ein Durcheinander von seinen Possen in der Nacht zuvor.

Dadurch fühlte sie sich tatsächlich besser und erinnerte sich daran, dass sie letzte Nacht geliebt worden war.

Sie beschloss, dass es Zeit war, ihr neues Zuhause zu erkunden.

Instinktiv und in dem Wissen, dass er die unverschlossene Tür finden würde, öffnete er sie in einen verzierten Flur.

Oh! Sie atmete.

Pracht umgab sie von allen Seiten.

Die Formteile, die die Wände von der Decke trennten, wurden aus hellem Holz geschnitzt.

Der Flur war spärlich mit Büsten, Statuen und wunderschönen Teppichen ausgestattet und erstreckte sich über die gesamte Länge des Hauses mit regelmäßig eingestreuten Türen.

Seine natürliche Neugier entstand und er begann mit Leichtigkeit zu erkunden.

Sie spähte in die Zimmer und fand schließlich Wladimir's Zimmer.

Zu sagen, dass es männlich war, wäre eine Untertreibung.

Sein prächtiges Bett hatte ein kunstvoll geschnitztes Kopf- und Fußteil.

Seine Garderobe wiederholte dieselbe dunkle Berührung, die er trug.

An jedem Pfosten waren Ketten und Manschetten angebracht.

Zögernd ging er zu ihnen und fuhr mit einem Finger über einen.

Das Armband bestand aus feinstem geschnitztem Leder der Welt, das Innere war mit dem weichsten Wolfspelz gefüttert.

Sie zuckte bei den Auswirkungen zusammen.

Aber sie hatte keine Angst mehr vor ihrem dunklen Liebhaber.

Sie näherte sich der Seite des Bettes, hob ein Knie an die Bettdecke und schob sich über die weite Fläche, um das Satingefühl zu genießen.

Er fühlte sich dekadent, streckte sich aus und schwelgte in der Kälte, die ihm innewohnt.

Sie lächelte vor Ekstase, schloss die Augen, stellte sich seine Hände auf ihrem Körper vor und unterwarf sich wieder seinem Willen.

Trotz seines jüngsten Verlusts hatte er das Gefühl, bereits hierher zu gehören, und hasste es, ihn zu verlassen.

Sie rollte sich auf die Seite und schlüpfte in einen leichten Schlaf.

* * *

Als er einige Stunden später aufwachte und sein lockeres Haar um seinen Körper gewickelt war, begann er es zu erkunden und suchte nach Orten, die Vladimir am besten gefielen.

Seine Hand verweilte auf ihrer Brust, ihre Brustwarze verzog sich für eine Minute und erinnerte sich an das Gefühl seiner Lippen und seines Reißzahns.

Sie ging auf Zehenspitzen an ihren Bauch und fuhr mit einer Hand noch tiefer, verloren in der Anziehungskraft erinnerter Liebkosungen.

Schließlich griff seine Hand nach ihren unteren Locken, die bereits von seinen Bemühungen leicht feucht waren.

Sie schob einen Finger gegen ihre Falten und steckte entzückt ihren Finger mit ihrer wachsenden Erregung ein.

Er schloss die Augen, spielte hier und da und öffnete sich der Erfahrung, etwas, das er noch nie zuvor getan hatte.

# KAPITEL XIII

Vladimir, endlich wach, scharf auf die Gefühle, die Kristina erforschte, war froh, sie in seinem Zimmer zu finden.

Sein Körper vibrierte, als er sich so eng mit ihr identifizierte, dass er diese Verbindung niemals verlieren würde, nachdem er sie gekostet hatte.

Trotz seines unersättlichen Hungers beschloss er, eine Weile mit ihr zu spielen.

Er würde warten, bis sie jede Nacht einschlief, um auf die Jagd zu gehen.

Seine Gedanken sehnten sich nach ihrer Intelligenz und ihrem Witz, als sie es ihm zeigte.

Sein Körper schmerzte nach ihrem, so begierig darauf, alles zu lernen, was sie zu bieten hatte, und schließlich, als er sich danach sehnte, sie zu verwandeln, wusste er, dass er es nicht tun würde.

Zumindest jetzt noch nicht.

Er genoss seine Wärme und seine Menschlichkeit, von denen er keine zu verlieren bereit war.

Er stand auf und eilte in sein Schlafzimmer, um sein junges Fleisch noch einmal zu genießen.

Er öffnete die Tür, erstarrte für einen Moment und sah zu, wie sie sich verwöhnte.

Mit jedem seiner Schläge nahm seine Atmung zu.

Kristinas Blick schloss sich seinem an und ihre Kühnheit nahm zu.

Sie spreizte die Beine und lud zur näheren Betrachtung ein. Sie wölbte sich gewunden vom Bett und sah zu ihm auf.

Ah, dachte sie, sie spielt heute Abend die Schlampe und die Verführerin.

Er streckte langsam die Zunge aus und leckte sich erwartungsvoll die Lippen.

* * *

Sie war sich nicht sicher, wie sie vorgehen sollte, aber Vladimir schien das nichts auszumachen.

Er bewegte sich langsam und anmutig zur Bettkante, begann seine Kleidung auszuziehen und stapelte sie ordentlich auf der Bank, die sich in der Nähe des Bettes befand.

Ihr Körper im sanften Schein des Kerzenlichts, der sich ihren erweiterten Augen offenbart.

Ihr Puls pochte an ihrer Kehle, ihre Brust hob und senkte sich mit verhärteten Brustwarzen, ihr straffer Bauch zog ihre Augen für eine Sekunde an.

Sie hatte nie die Gelegenheit gehabt, ihren Körper voll zu schätzen, aber jetzt nahm sie sich die Zeit, um zu genießen, was er hervorgebracht hatte, und sie spielte dabei weiter mit sich selbst.

Seine kräftigen Schenkel und muskulösen Waden ermutigten sie nur noch mehr, besonders als er sah, wie groß sein Penis war, vollständig gestreckt.

Er stand auf, um sich gegen ihren Unterbauch zu legen.

Ihr Wladimir stand stolz und unverschämt vor ihr und ermutigte sie, ihn vollständig zu sehen.

Er drehte sich langsam um und zeigte ihr seinen Rücken.

Die Muskeln, die sich bei seinem ausgestoßenen Atem durch seinen Körper bewegten.

Seine Finger juckten, um seinen Rücken zu streicheln, seine Nägel dort zu harken und ihn unter seinen Händen zu formen.

Sein festes, rundes, hartes Gesäß raubte ihr den Atem.

Er sah sie wieder an, ließ sich auf ein Knie auf dem Bett fallen und trat auf seine zitternde Gestalt vor.

Einer seiner Finger bedeckte ihren, der sich gegen ihre empfindlichen Lippen bewegte, und er bewegte sich mit ihr.

Ich konnte sehen, dass er den Speichelfleck genoss, der sich jetzt auf seinen Finger übertrug.

Mit einem Blick hob er den Finger, um zu genießen, was er dort deponiert hatte.

Es wurden keine Worte gesprochen, keine waren notwendig.

Plötzlich hörten sie eine leichte Aufregung.

Vladimir runzelte die Stirn, sein Gesicht war schnell wütend über diese Unterbrechung, ging zum Fenster und öffnete den Vorhang, um zu spähen.

Er drehte sich zu ihr um, eine schreckliche Maske, die sie wegen ihrer Intensität ein wenig erschreckte.

"Dorfbewohner! Sie tragen Fackeln und Kreuze! Was weißt du darüber, Kristina? Sag mir schnell, warum es kein Blut geben wird, wenn sie damit weitermachen!"

Gift kam buchstäblich aus seinem Mund, als er beim Sprechen spuckte.

"Mein Herr." Sie zitterte und erzählte ihm schnell von Stankovs und Gorans Morgenbesuch.

"Bah! Ich werde mich um diesen Aufstand kümmern! Du musst bleiben, wo du bist, hörst du mich?" Er donnerte fast an ihr.

Sie nickte sanftmütig.

Er zog sich etwas eilig an, ging und schloss die Tür von außen.

Als dies passierte, rannte er zum Fenster.

Sein Atem hörte fast auf, als er auf die Konfrontation wartete.

Dieser Dummkopf, Stankov, führte die sich schnell nähernde Gruppe an.

Von seinem Standpunkt aus konnte er Vladimir gehen sehen, zwei Steppenwolfhunde an seiner Seite.

Wladimir bereitete sich gebieterisch auf eine sichere Konfrontation vor.

Einige Mitglieder der angreifenden Gruppe zögerten, aber Stankov trat mit einem entschlossenen Gesichtsausdruck vor.

"Wem verdanke ich das Vergnügen Ihrer Firma?" Vladimir Eleganz in seiner Stimme.

Kristina hat das nicht erwartet.

Er wartete müßig auf die Gruppe, er schien jetzt gleichgültig im Vergleich zu ein paar Minuten zuvor im Schlafzimmer.

Eine Hand ruhte auf jedem der Köpfe der Hunde.

"Sie erkennen, dass der Vertrag seit fast einem Jahrhundert besteht. Warum ihn jetzt brechen?"

Seine hochgezogenen Augenbrauen fügten der Bedeutung seiner Worte Tiefe hinzu, so angenehm er zu der Zeit sprach.

Kristina konnte die kaum kontrollierte Wut unter seinem Auftreten zittern sehen.

Seine Geduld wurde gerade schwer bestraft.

"Bring uns das Mädchen, du! Unsere Vereinbarung war, dass du dich nicht in die Angelegenheiten des Dorfes eingemischt hast. Dein abscheuliches Verhalten hat uns hierher gebracht. Ich werde nicht ohne das Mädchen gehen." Stankov spuckte auf den Boden.

"Solche Unverschämtheit von einem jungen Welpen. Sei vorsichtig mit deinen Worten und Taten. Kristina gehört mir jetzt. Ich kümmere mich nicht um deine Aufmerksamkeit. Der Vertrag hatte auch einen Kodex, der besagt, dass ich ein Recht auf sie hätte, wenn mich jemand wie sie anrufen würde. Um den anhaltenden Wohlstand Ihres Dorfes zu gewährleisten, würde ich alle hundert Jahre einen als meinen eigenen beanspruchen. Es war an der Zeit. Die Ältesten Ihres Dorfes, die den Pakt unterzeichnet hatten, hatten mehr Respekt! Bah! Los! Bevor Sie Grund zum Bedauern haben! ""

Kristina hielt den Atem an und beobachtete, wie sich die Szene vor ihr abspielte.

War es nichts weiter als ein Gegenstand, der gehandelt werden sollte?

Seine anfänglichen Bedenken über alle Parteien ließen nach, als er über diese Idee nachdachte.

Sie stellte fest, dass sie die Idee überhaupt nicht mochte.

Dumm! Sie beschimpfte sich. Ich werde nicht als solche behandelt!

Er sah sich nach einem Mittel um, um den Grenzen des Raumes zu entkommen. Die Entschlossenheit war bei jedem Schritt offensichtlich.

Sie zog sich an und zog ihre Haare nach dem Zufallsprinzip hoch. Sie suchte nach einer Möglichkeit, die Tür zu öffnen.

* * *

Vladimir war leicht amüsiert von den Gedanken, die ihm durch den Kopf gingen.

Ich würde mich später darum kümmern.

Das unmittelbare Problem bestand darin, sich mit der Meuterei zu befassen, und trotz Darijas und Rokos tiefem Halsknurren fuhr die kleine Gruppe trotzig vor ihm fort.

Sie waren mit Heugabeln, Pfählen, Kreuzen und Fackeln ausgestattet.

Wladimir's Belustigung verzehnfachte sich.

Bah!

Er stellte sich vor, dass sie zu viele alte Legenden gehört hatten, die wertlos waren.

Er trat einen Schritt vor und veranlasste sie durch die Kraft seiner Persönlichkeit, sich gemeinsam zurückzuziehen, mit Ausnahme von Stankov.

Bloßer Wille ließ ihn sich behaupten.

Der Mann war so dumm, wie Vladimir dachte.

"Du machst mir keine Angst! Ich will, was mir gehört! Was ich mir selbst versprochen habe! Andrej war schwach; er wusste nicht, wie er mit einer heißen Frau wie Kristina umgehen sollte! Und ich werde!"

Stankov stampfte mit einem Stiefel auf den Boden und versuchte, Wladimir die brennende Fackel ins Gesicht zu bringen.

Die Hunde sprangen in die Luft, warfen Stankov nieder und drückten ihn zu Boden.

Seine grunzenden Zähne berührten kaum das Fleisch ihres Gesichts.

Sogar auf seinem Rücken sah Stankov Wladimir trotzig an.

"Sie testen meine Geduld! Gehen Sie alle! Jetzt! Bevor ich die Hunde der Hölle freisetze! Bevor ich Ihre Frauen und Kinder nehme und sie zu meinen Dienern mache! Bevor ich Ihre Felder verfluche Mögest du brach liegen und hungern! Ich bin allmächtig und werde jeden, der sich meinem Willen widersetzt, vollständig zerstören! "

Wladimir's violette Augen schienen rot zu leuchten und er war blasser als zuvor.

Er deckte seine Reißzähne auf und schenkte ihnen ein böses Lächeln.

Er unterbrach seine Worte, ohne sich anstrengen zu müssen, und ließ Stankov vom Boden aufstehen und ungläubig schweben.

Die Dorfbewohner ließen ihre Geräte fallen und rannten so schnell sie ihre Beine tragen konnten, um niemals in die Villa zurückzukehren.

Stankov zitterte heftig und suchte Erleichterung von dem Schmerz, der durch seinen Körper ging, als wäre er mit Feuerameisen bedeckt, die sein Fleisch quälten.

Er schauderte und zitterte mit einer Stimme voller Schmerz, die die Kreatur vor sich anflehte:

"Ich werde gehen! Ich werde gehen! Lass mich gehen, ich werde dich nicht mehr stören!"

"Sie haben meinen Zorn auf sich gezogen, Bauer! Sie haben keine Wahlfreiheit mehr. Ich finde kein Mitleid mit Ihnen oder Ihrer Situation! Ihre Absichten gegenüber Kristina werden nicht ungestraft bleiben. Als solche sind Sie dazu verdammt, die Erde von hier aus zu betreten." Moment wie ein Untoter. Machtlos. Du wirst anfällig für alles sein, was mit dir passiert. Du wirst dich verteidigen und niemand wird dir helfen. Ich wiederhole, niemand kann dich retten!"

Damit biss sich Vladimir in den Nacken, ließ ihn fast tot und ließ ihn im Gleichgewicht zwischen Leben und Tod hängen.

Er ließ Stankov zu Boden fallen und sah zu, wie Darija und Roko ihn mit ihren Zähnen außer Sicht zogen.

Er hinterließ die Spuren und den Geruch seines Ekels, der die Luft um Stankov durchdrang.

Er wusste, dass seine Mitvampire jemanden wie ihn allein lassen würden, um unterzugehen.

Niemand würde anbieten, sein wertloses Fell zu retten.

Mit einem zufriedenen Lächeln auf den Lippen drehte sich Vladimir zu Kristina und ihrer brennenden Wut um.

# KAPITEL XIV

Anđelko, Wladimir's geliebter Diener, hörte Kristinas Frustrationsschreie.

Er eilte zur Tür und lauschte ihrem Schimpfen und Schimpfen, als er versuchte, das Schloss aufzuschließen.

Aber er zögerte und war sich der Ursache seines Zorns nicht sicher.

"Madam Kristina? Ich bin Anđelko, Wladimir's Diener. Darf ich Ihnen irgendwie helfen?"

"Lass mich raus!" Er knallte in erneutem Zorn gegen die Tür.

"Ich verstehe nicht, was hier passiert ist und werde den Zorn von Meister Wladimir nicht verschlimmern." Sagte er einfach. "Ich bin sicher, wenn Meister Wladimir den Aufstand vor seiner Haustür behandelt hat, wird er ihn wieder sehen."

"Du wirst mich jetzt rauslassen, Anđelko! Ich bin kein Stück Fleisch, für das Hunde kämpfen können! Dein Meister hat eine Menge zu verantworten!" Kristina klopfte weiter an die Tür.

"Ah ... hier kommt der Meister!"

Anđelko war erleichtert, obwohl er die angesammelte Glut frischen Zorns immer noch auf Wladimir 'Gesicht sah.

Er verbeugte sich leise und ging in die Küche, um ihnen eine leichte Mahlzeit zuzubereiten.

Vladimir erkannte Anđelko, legte kameradschaftlich eine Hand auf ihre Schulter und zwinkerte ihr zu.

Anđelko lachte leise und wusste, dass Kristina wegen ihres Verhaltens beschimpft werden würde, oder war es umgekehrt?

Vladimir betrat den Raum und hob sofort eine Hand, um die verschiedenen Gegenstände abzuwehren, die Kristina auf ihn warf.

Sein Körper verdrehte sich amüsiert über seinen Zorn.

Wie er es liebte, sie so zu sehen.

Fast wie eine Walküre, die für den Kampf angezogen ist.

Seine Haare wirbelten ohne Hemmung um sie herum.

Ihre Haltung wurde gepflanzt, als sie sich ihm achtlos näherte, um die Gegenstände auf ihn zu werfen.

Seine Brust hob sich und Kugeln spähten aus seiner Robe.

Seine Haut war gerötet und seine Atmung mühsam.

Vladimir nahm alles auf einen Blick auf.

In einem Moment hatte er den Rücken zur Tür, im nächsten hatte er Kristina an seine Brust geheftet.

"Aargh! Wie hast du das gemacht? Biest! Dämonische Kreatur! Du hast mich angelogen! Über welchen Pakt hast du gesprochen? Ich möchte sofort gehen! Du hast kein Recht, mich hier zu behalten!"

Sie schlug mit Leidenschaft und neuer Kraft um sich und versuchte, aus seinen Armen herauszukommen.

Ihre ersten Gefühle der Zärtlichkeit für ihn wurden in ihrem Zorn vergessen.

Wladimir hob tatsächlich für einen Moment den Blick zum Himmel und betete um Geduld.

Er hatte nicht vergessen, wie es ging, da er vor seiner Verwandlung ein frommer Mann gewesen war.

Und ein Test für ihre Geduld war sie gerade.

Er schüttelte sie sanft und nahm ihre Augen mit seinen auf.

"Du musst das sofort aufgeben, Kristina! Ich werde dir alles erzählen, aber diese Einstellung hört jetzt auf. Jetzt beruhige dich und hör zu, was ich zu sagen habe."

Kristina sah ihn misstrauisch an, ihre Brust immer noch gegen Vladimir gedrückt.

Dies verursachte eine geringere Kontraktion, die er für den Moment ignorierte.

Er ergriff ihre Hand und führte sie zu ihrer Überraschung zur Tür.

Sie gingen den Flur entlang zu der großen Treppe, die Kristina zuvor nicht hatte erkunden können, und dann in den Speisesaal.

Vladimir half Kristina auf einen Stuhl und ging schnell zu ihrem.

Anđelko servierte ihnen schweigend eine kalte Mahlzeit mit Wein und zog sich an die gegenüberliegende Wand zurück, um weitere Anweisungen abzuwarten.

Kristina sah Anđelko scharf an und zum ersten Mal huschte ein Erinnerungsblitz über ihr Gesicht.

Es kam mir irgendwie bekannt vor, aber er konnte es nicht einordnen.

Anđelko seinerseits bewegte sich unbehaglich über die Offenheit in seinem smaragdgrünen Blick.

Er fragte sich, ob Wladimir bereit war, über alles zu sprechen.

Er war sich nicht sicher, ob er die Veränderung mögen würde, die sie erleben könnte, wenn sie wüsste, wer er wirklich war.

* * *

Kristina sah ihn an und sie sah einen großen Mann, aber etwas kleiner als Vladimir.

Anđelko hatte hellblaue Augen mit dunkelblauer Iris, lange Wimpern, die man normalerweise bei einem Mann nicht findet, hohe und hervorstehende Wangenknochen und eine leicht krumme Nase, weil sie in jungen Jahren gebrochen war.

Ihre Lippen waren voll, und Lachfalten säumten ihre Mundwinkel.

Sie hatte langes lockiges blondes Haar, das ihren Nacken streifte, als es über ihren kleinen Rücken fiel.

Seine Unterarme waren kraftvoll aus dem konstruiert, was sie erkennen konnte, wenn sie sie unter seinen hochgekrempelten Ärmeln sah.

Und das weiße Hemd mit offenem Hals floss anmutig in seine einfache Bauernhose.

Sein Körper bezeichnete seine reiche bäuerliche Vergangenheit, aber er war gut proportioniert.

"Kristina". Vladimir atmete ein, um seine Aufmerksamkeit von Anđelko zu bekommen. "Ich habe lange und gut gelebt, obwohl ich manchmal allein bin. Auf der Suche nach einem Weg, meinen Durst zu stillen, hatten die Dorfbewohner das Gefühl, dass ihre Anzahl an Menschen abnimmt. In dem Bestreben nach Übereinstimmung stimmte ich zu, nicht wahllos mit ihnen umzugehen. und sie wiederum stimmten zu, mich bei Tageslicht zu schützen. Also reiste ich weiter, um meine Bedürfnisse zu befriedigen, und diese Reisen versorgten meinen geliebten Anđelko und verbreiteten die Nachricht, dass ich unversehrt bleiben würde. Dies ist der Pakt, auf den ich mich einließ Dieser Idiot Stankov. Es enthielt auch eine Klausel, die besagte, dass es mir freigestellt war, eine solche Gesellschaft unter den Dorfbewohnern zu suchen, wenn ich sie auf alle hundert Jahre beschränkte. Unsere Vereinbarung war für alle von Vorteil. "

"Warum wusstest du nichts von diesem Pakt? Und warum ich?"

"Ich wusste nicht, dass die Dorfbewohner den Inhalt geheim hielten. Da sich die Familie Stankov nach einer Autoritätsposition gesehnt hatte und die Urheber des Paktes waren, hätten sie ihn behalten können, um Konflikte zu vermeiden. Was Sie betrifft, sang Ihr Schmerz in meinem Herzen. So einfach war das. Und es war der Moment meiner Einschätzung nach einer Freundschaft wie der, die du mir gegeben hast. "

Kristina drehte dies langsam in ihren Gedanken um.

"Sehr gut, ich kann das zum Nennwert akzeptieren. Sie haben mir wirklich sehr geholfen, indem Sie mich hierher gebracht haben. Ich weiß nicht, wie lange ich alleine überlebt hätte. Andrej war mein Alles und indem ich ihn verloren habe ... hatte ich nicht mehr den Willen. weitermachen ".

Er stieß einen langen Atemzug aus und strich sich die Haarsträhnen aus dem Gesicht.

Wladimir sank bei ihrem Anblick, ihren Bewegungen und ihrer Akzeptanz.

Einfache Annahme.

Es bestätigte, dass er mit Bedacht gewählt hatte und dass sie eine Frau war, zu der man stehen konnte.

Er lächelte leicht, bevor er fortfuhr.

"Anđelko war Teil meines Umgangs mit den Dorfbewohnern. Er hat sich wirklich freiwillig gemeldet und der Grund, warum er Ihnen irgendwie bekannt vorkommt, ist, dass er Andrejs Ur-Ur-Großvater ist. Er hat sich entschieden zu gehen, er hat sich entschieden, in den Dienst einzutreten, um Streitigkeiten zu vermeiden. Und Angst, dass jemand anderes es tun würde oder dass eine Lotterie stattfinden würde. Er war ein tapferer Mann und ich schätze ihn von ganzem Herzen. Er hatte seine Frau vor Jahren verloren und seine Kinder waren erwachsen geworden. Er war ein unschätzbarer Begleiter für mich und Sie auch du solltest ihn auch so behandeln. Ich will nicht hart mit dir sein, aber an diesem Punkt bin ich fest. Kristina. Verstehst du mich?"

Kristina hatte noch einmal scharf eingeatmet, als sie das hörte.

Er studierte Anđelko mit neuer Kraft und ließ den Mann rot werden.

"Wie lebt er, Wladimir? Wie steht er als robuster junger Mann vor uns, wenn er ein entfernter Verwandter von Andrej ist?"

Anđelko trat vor, um zu antworten.

"Frau Kristina, Vladimir hat mich in jeder Hinsicht zu Ihrer Dienerin gemacht und mich gelegentlich sogar als Ersatzspenderin eingesetzt. Dabei hat sie mich ohne Altern gelassen, und ich bewahre meine Jugend. Ich hatte das Privileg, sie aus der Ferne zu beobachten und hatte gesehen, wie Sie waren mit Andrej zusammen. Ich war erfreut, dass mein Herr so klug gewählt hatte. Ihre eigene Sanftmut und Liebe zu ihm waren offensichtlich. Es wäre eine Ehre gewesen zu wissen, dass Sie Wladimir's Schutz haben. Andrej fragte sich oft, ob er ihm von Nutzen sein könnte. Wladimir, aber er verstand, dass dies nicht sein Lebensweg war. " Erklärte Anđelko Kristina sanft.

Sie war noch einmal überrascht.

"Andrej hat nichts davon mit mir geteilt. Ich hatte über diese zwei Nächte hinaus nichts mehr von Vladimir gehört. Ich freue mich, Sie kennenzulernen, Anđelko. Und danke für Ihre freundlichen Worte." Kristina starrte ihn weiterhin erstaunt an und sah etwas von der Ähnlichkeit der Familie mit Andrej, den Teilen, die zusammen mit Stankov vergangen waren.

* * *

Anđelko lächelte ihn liebevoll an.

Sie war auch ihres Meisters würdig.

Sein Geist war nur ein Match für ihn.

Anđelko war glücklich darüber, wie sich die Dinge entwickelt hatten, nachdem er Andrejs Schicksal seit einiger Zeit gekannt hatte.

Die Rolle von Kristina wurde ihm jedoch erst klar.

Aber wenn es so wäre, würde sie sich mit der Zeit in den Meister verlieben und er könnte nichts mehr verlangen.

Er hoffte, dass sie bleiben würde, wenn auch nur für ihr Geld, da Vladimir sich leicht langweilte und von Zeit zu Zeit gehänselt werden musste.

Anđelko grinste jetzt darüber.

* * *

Kristina richtete ihren Blick wieder auf Vladimir.

Sie sah ihn sorgfältig an und testete ihre Entschlossenheit.

Sie wog ihre Gedanken ab und wagte es.

"Okay. Wie ich schon sagte, ich kann akzeptieren, was passiert. Ich kann sogar akzeptieren, dass Andrej dies nicht mit mir geteilt hat. Ich habe jedoch einige Fragen."

Vladimir hob eine Augenbraue und fragte sich, wo seine fruchtbare Fantasie jetzt hinging.

Er wartete geduldig darauf, dass sie anfing.

"Wie du willst, Liebes. Frag ohne Probleme."

"Was ist meine Rolle? Ich meine, außer dein Liebhaber zu sein, habe ich irgendeinen Zweck?"

"Du kannst alles sein, was du willst, Kristina. Du bist vielleicht nur an meiner Seite, aber ich werde gut auf dich aufpassen und dich verehren, wie du angebetet werden solltest."

Kleine leidenschaftliche Schläge liefen durch ihren Körper, als sie das hörte.

Vladimir hatte seinen Weg in den Blutkreislauf gefunden und fühlte sich geschätzt.

Sie seufzte sehnsüchtig.

"Dann wünsche ich, was Sie für meinen Herrn wünschen. Ich bin jedoch in den medizinischen Künsten erfahren und möchte weiterhin den Dorfbewohnern dienen. Trotz der jüngsten Feindseligkeit wurde mir immer noch solche Aufmerksamkeit gestattet. Wäre dies angemessen?"

"Ja, Sie können sich um die Dorfbewohner kümmern. Da Stankov sich jedoch eindeutig nicht ausruhen kann, würde ich verlangen, dass Anđelko an Ihren Besuchen mit Ihnen teilnimmt. Dies ist nicht verhandelbare Kristina."

Kristina atmete ausdrucksvoll bei seiner hohen Veranlagung, kapitulierte aber.

Er hatte keine Lust mehr, Stankov gegenüberzutreten.

"Was ist mit Stankov passiert, Wladimir?"

"Er ist in einem Zustand des Flusses, in dem er bleiben wird. Weder vollständig in dieser Welt noch in meiner Welt. Er wurde seines sterblichen Selbst beraubt und wird dennoch wieder unter seinem Volk wandeln. Er wird seinen Status innerhalb der Welt verlieren." Dorf Split und es wird schwierig für ihn sein, sich selbst zu ernähren. Er wurde dazu verurteilt, nicht wegen seines Versuchs, mir zu trotzen, sondern wegen seiner unerschütterlichen Gier, sich selbst besitzen zu wollen.

Er mag einige der Gedanken seines dunklen Herzens kennen, aber ich kenne sie nicht. alle ".

Vladimir hasste es, so viel über ihn preiszugeben, aber er wusste, dass Kristina darauf bestehen würde, die ganze Wahrheit zu kennen.

* * *

Kristina war ein wenig besorgt über die Neuigkeiten, aber dann nickte sie.

Welche Wahl hatte sie wirklich?

Der Prozess war durchgeführt worden und sogar Anđelko hatte zugestimmt.

Gedanken gingen ihr durch die Situation und sie fragte sich, wie weit die beiden Männer, Vampir und Diener, für die jüngste Zukunft geplant hatten.

Da er wusste, dass er nicht ändern konnte, was sie getan hatten, änderte er erneut die Ausrichtung.

Er nahm sein Essen nachdenklich und suchte den Mut, seine nächste Frage zu stellen.

"Soll ich wie du sein, Vladimir?"

Sie sagte es so eilig, dass es tatsächlich herauskam, als müsste ich wie dein Wladimir sein?

Wladimir sagte ganz natürlich:

"Das bleibt abzuwarten, Kristina. Sie werden diese Entscheidung treffen, nicht ich. Da ich selbst zwei Meinungen zu diesem Thema habe, werde ich Ihre Wünsche erfüllen. Lassen Sie mich jedoch wiederholen, dass Sie immer zu mir gehören werden. Ihre Freilassung wird mit Ihrem natürlichen Tod oder mit jemandem einhergehen Besiege mich in einem Kampf um dich. Wenn du sterblich bleibst, ist die Gefahr groß. Ich habe mächtige Feinde, die dich benutzen würden, um mich anzugreifen. Wenn ich dich dazu bringe, dich vollständig zu bekehren, verringert sich das Risiko, bleibt aber bestehen. Denk darüber nach, meine Liebe, das weiß ich Welche Entscheidung Sie auch treffen, wir werden sie treffen. "

Wladimir verneigte sich höflich vor ihr, als er dies sagte.

Kristinas Augen richteten sich auf die Möglichkeiten vor ihr.

Er wusste, dass es immer noch Wladimir sein würde, es schien vorherbestimmt.

Sie war sich nicht ganz sicher, woher sie das wusste, aber diese Kreatur mit den violetten Augen faszinierte sie wie keine andere, selbst Andrej.

Sie fühlte sich Andrej dafür nicht untreu, da sie ihn immer lieben würde.

Dieser Mann vor ihr faszinierte jedoch ihren Geist, Körper und ihre Seele.

Sie fühlte sich lebendig auf eine Weise, von der sie nie wusste, dass sie existieren könnte.

Ja.

Sie hatte viel zu überlegen und würde weitere Fragen haben, aber im Moment war sie zufrieden damit, sich zurückzulehnen und alles aufzunehmen, was ihr offenbart worden war.

# VIERTER TEIL
# MARKOVIC

65

# KAPITEL XV

Später in dieser Woche am späten Nachmittag beschloss Kristina, mit Anđelko als Eskorte spazieren zu gehen.

Er war auf die Idee gekommen, trotz der von Wladimir beschriebenen Gefahren nach draußen gehen zu können.

Sie tanzte halb den leicht überwucherten Weg hinunter, der in den umliegenden Wald führte, während Anđelko sie geduldig im Blick behielt, während sie achtlos sprang.

Sie stießen im Wald auf eine Lichtung, auf der Kristina ihn anerkennend ansah.

Sie fing an, Gänseblümchen zu sammeln, um sie aneinander zu reihen, und bald trug Anđelko einen schönen Kranz von ihnen, und Kristina trug auch eine Halskette und eine Krone.

"Anđelko, bitte erzähl mir mehr über deine Zeit mit Vladimir. Tatsächlich bin ich neugierig."

Sie sah ihn unschuldig unter ihren Wimpern an, während ein Gänseblümchen teilweise ein smaragdgrünes Auge bedeckte.

"Was willst du wissen, Mädchen? Ich liebe ihn, ich stehe in seiner Schuld und ich bin stolz, sein Freund zu sein." Erklärte Anđelko nachdrücklich.

"Wie ist es zu wissen, dass alle Menschen, die du geliebt hast, aus diesem Leben gestorben sind?" Sie sagte es wehmütig mit Tränen in den Augen.

Anđelko sah bei den Tränen etwas unbehaglich aus und wollte ihm keine Schmerzen bereiten.

Sie hatte Kristina seit letzter Woche geliebt, da Vladimir sie völlig faszinierte und sie sich sehr gut an ihre neue Umgebung anpasste.

Tatsächlich sah sie hübsch aus, als sie dort saß und das schwindende Sonnenlicht ihr Gesicht wärmte, ein Ausdruck der Befriedigung auf ihm.

Ihr Haar war zu einer ordentlichen Säule geflochten, die ihren Nacken bis zur Mitte ihres Rückens schmückte.

Er hatte es mit einem bunten Schal bedeckt, um etwas von der Hitze der Sonne fernzuhalten.

Sie war ein gutes Mädchen und hatte ihr bereits Glück gebracht, und dafür war sie sehr dankbar.

"Tochter, ich habe mein Leben so gelebt, wie es angemessen schien." Der Beginn. "Ich trauerte und war einige Jahre, bevor der Bund in Kraft trat. Ich liebte und liebte meine Kinder und Enkelkinder und die Kinder ihrer Kinder zutiefst, aber mein Leben war ohne meine geliebte Lucija sehr leer. Die Sonne ging auf und Sie kam mit ihr klar, sagte niemandem ein schlechtes Wort und als sie Tag für Tag langsam davonrutschte, riss mir das Herz heraus. Ein Fieber war in die Stadt eingedrungen, ähnlich wie das, das deinen Eltern das Leben gekostet hatte, und während ich sie weiter sinken sah Tief in der Krankheit wurde mir klar, was ich verlor. Ich wurde sehr wütend auf Gott, weil er eine so sanfte Person wie sie in all seiner Güte schlug. Und eine Zeit lang wurde ich ein betrunkener Betrüger, bis Meister Wladimir ankam."

Kristina war fasziniert von Anđelkos Geschichte und achtete genau darauf.

Sie beobachtete die flüchtigen Gefühle in seinem Gesicht, als er seine Geschichte erzählte und wand sich ungeduldig, als er anhielt, um einen Schluck Wasser aus der Flasche neben sich zu nehmen.

"Meister Wladimir erkannte schnell mein Unglück, obwohl er nichts sagte. Wir saßen vor einem lodernden Lagerfeuer und hämmerten die Details des Pakts weg, und ich konnte meine Augen nicht von ihm lassen. Er faszinierte mich mit seiner Anmut, Rede und in seiner Er war endlich personifiziert und bat demütig darum, ihm zu dienen. Er stimmte bereitwillig zu und als der Bund mit Blut versiegelt war, verabschiedete ich mich von meiner Familie und reiste mit ihm zum Herrenhaus. " Anđelko seufzte. "Anfangs war es nicht einfach, in seiner Gegenwart zu sein. Ich, ein einfacher Bauer, umgeben von all der Schönheit und Eleganz seiner Welt. Er war immer geduldig mit mir, bis zu dem Tag, an dem ich ..."

Anđelko blieb bei dem unerwarteten Geräusch eines Schrittes stehen.

Vorsichtig stand er auf und stemmte sich vor Kristina in die Hüften.

Er spürte das Böse einer sich nähernden Präsenz und war bereit, notfalls bis zum Tod zu kämpfen.

Er würde nicht riskieren, dass Kristina, sein Leben oder seine Ehre weniger tun.

Böswilligkeit durchdrang die Lichtung, während sie gespannt auf die kommende Gefahr warteten.

Die Kreatur, die sich aus dem umgebenden Laub befreite, hatte Fell im Nacken.

Stankov! Kristina dachte mit einem Schauder, oder besser gesagt, was von ihm übrig war.

Er war todbleich mit einem wilden Schimmer in den Augen und schien immun gegen ihre Leiden zu sein.

Seine Kleidung war zerfetzt und seine Schuhe fielen auseinander.

Er sah Kristina anerkennend an, ein Ausdruck der Begierde war auf seinem Gesicht zu sehen.

An seiner Seite befand sich eine Scheide, in der sich ein langes Schwert mit Scheide befand.

Langsam streichelte seine Hand auf dem Griff, fast wie ein Liebhaber.

Sein fauler Atem überquerte leicht die andere Seite der Lichtung und ließ Kristina zittern.

Anđelko sah sie nie an und zog es vor, Augenkontakt mit Stankov zu halten.

Er schob Kristina noch weiter hinter seinen Rücken und flüsterte, dass sie, wenn sie fallen würde, wie der Wind in Richtung der Villa rennen würde.

Er sandte einen hohen Pfiff aus, um nach Darija und Roko zu rufen, in der Hoffnung, dass sie bald eintreffen würden.

Sie ruhten sich in der kleinen Scheune aus, als sie auf die Lichtung gegangen waren.

Als Anđelko pfiff, hielt sich Stankov die Ohren zu und schrie vor Schmerz.

Seine Gesichtszüge verwandelten sich weiter in eine groteske, unförmige Masse, die dem alten Stankov kaum ähnelte.

Dann zog er sein Schwert und trat einen Schritt vor.

"Mann, ich weiß nicht wer du bist, ich will nur das Mädchen. Gib sie mir und ich werde dich leben lassen."

Stankov schlug die Luft vor sich auf und rückte vor, ohne anzuhalten.

Er ging mit einem ausgeprägten Hinken, aber das schien ihn nicht zu bremsen.

"Nein! Sie haben den Zorn von Wladimir noch einmal riskiert. Sie werden sehen, wie er Sie durch Ihre ständige Unverschämtheit gegenüber ihm und seinem Volk an Ihre Stelle setzt!"

Anđelko schien von seinen Forderungen nicht berührt zu sein.

"Eine letzte Warnung, alter Mann. Bewegen Sie sich oder sterben Sie. Es ist mir egal, was Sie wählen. Persönlich würde ich gerne etwas Vergeltung bekommen ... also wird es der Tod sein!"

Anđelko spürte, wie die Klinge bis auf den Knochen ihres Unterarms schnitt.

Sein weißes Hemd absorbierte die rote Flüssigkeit, die beim Herausspritzen austrat.

Stankov hatte keinen tödlichen Schlag versetzt, aber Anđelko, die ihre freie Hand über die Wunde legte, eindeutig außer Gefecht gesetzt.

Kristina sah ihre Chance, sich Stankov zu stellen und Anđelko zu beschützen.

Sie trat tapfer vor.

Stankov legte die Klinge seines Schwertes an seinen Hals.

Kristina atmete trotz ihrer schwebenden Brust vorsichtig.

"Stankov, dieser Mann ist dein Urgroßvater Anđelko! Hör sofort auf, hörst du mich? Ich werde mich dir nicht unterwerfen, aber ich wünschte, er wäre nicht gestorben."

Stankov blieb sprachlos und legte das Schwert auf ihre Schulter und schnitt geschickt das Band durch, das die Bluse festhielt.

Die Bluse war seitlich über ihre schwebende obere Brust gefaltet, wodurch ein Teil ihrer cremigen Haut freigelegt wurde.

Kristina versuchte vergeblich, den angewiderten Ausdruck auf ihrem Gesicht zu behalten.

Stankov lachte bedrohlich und ging durch die andere Seite, als Darija und Roko lautlos auf seinen Rücken sprangen und ihn nach vorne fallen ließen.

Mit dem ausgestreckten Schwert vor sich versetzte sie keinen tödlichen Schlag, doch die Hunde taten ihr Bestes, um es auseinander zu reißen.

Gerade als Kristina dachte, sie würden ihn sicher auseinander reißen, trat eine zweite Gestalt aus den Schatten.

Er hob eine Hand und die beiden Hunde kollidierten mit ihren Köpfen, um sinnlos zusammen auf einer Seite zu liegen.

"Was haben wir hier, Stankov? Ich sehe, Sie haben Recht! Ich erkenne Wladimir's Diener Anđelko!"

Die Kreatur spuckte auf den Boden und rückte weiter auf die Lichtung vor.

Was Kristina einst als Paradies und Zufluchtsort der Sicherheit erschien, wurde durch die Ereignisse erschüttert.

Sie zuckte zusammen und wich zurück, um den Fremden wegzuschieben.

Anđelko stöhnte bestürzt.

Dieser Mann, dieser Vampir, diese unheilige Kreatur der Nacht war Wladimir's geschworener Feind.

Graf Stjepan Vanjavich Markovic!

Was machte er hier? dachte er teilnahmslos, als weiterhin Blut aus seinem Arm floss.

Er balancierte auf seinen Füßen, um bei Bewusstsein zu bleiben.

Markovic war dafür bekannt, das montenegrinische Feld zu durchstreifen.

Er war ein imposanter Mann, größer als die meisten seiner Landsleute, mit Adlern und dünnen Lippen, die seine Zähne kaum bedeckten.

Seine Finger waren gestochen und länglich und seine Haltung anmutig.

Sein Anzug war aus feiner Seide gefertigt und aufgrund seines Reichtums maßgeschneidert.

Ihr langes dunkles Haar war zu einem engen Pferdeschwanz im Nacken zusammengebunden, und ihre Augen waren seelenlos karamellbraun.

Stankov stand langsam auf und wandte sich an seinen neuen Lehrer, um seine Zustimmung einzuholen, sich um die beiden vor ihm zu kümmern.

Er stöhnte tief in seiner Kehle bei seinen neuen Wunden, aber er wusste, dass sein Meister sie zu gegebener Zeit ansprechen würde.

Es war reiner Zufall, dass sie Markovic getroffen hatte!

Wenn er nicht gewesen wäre, wäre es im Freien gefroren, so wie sie es verlassen hatten.

Markovic hatte ihn überredet, vorübergehend zu heilen, bis er wieder zu Kräften gekommen war, und das tat er auch.

Er versprach Markovic seine Loyalität und im Gegenzug war Markovic froh, eine neue Methode zu finden, um seinen verhassten Rivalen zu quälen.

Kristina hielt bei seinen Gesichtszügen den Atem an.

Er war gut geformt, aber diese Augen waren für sie tot.

Sie fegten sie kurz und listeten sie im gleichen Takt wie eine Nicht-Bedrohung auf.

Sie ärgerte sich zutiefst über ihn, denn er tat es für Stankov, obwohl sie seinen vollen Zweck nicht kannte.

Sie rannte zu Anđelko, um ihm zu helfen, die starke Blutung zu stoppen.

Er griff nach seinem Taschentuch und schuf ein Tourniquet direkt über der Wundstelle.

Sie war so darauf konzentriert, Anđelko zu helfen, dass sie nicht bemerkte, dass Stankov nach ihrer Wange streckte.

Sie schlug ihm auf die Hand und konzentrierte sich auf ihre Aufgabe.

Sie spürte die Kraft der Rückseite, die sie benommen und starrte.

Bevor sie reagieren konnte, umarmte Stankov sie wie einen Bären und ging mit ihr in die Dunkelheit des Waldes.

# KAPITEL XVI

Vladimir war hellwach in einem Wirbel der Wut über die Szene, die sich aufgrund seiner Verbundenheit mit Anđelko in seinem Kopf abspielte.

Als er die Villa verließ und schnell die Lichtung erreichte, fand er Anđelko kaum bei Bewusstsein und Kristina vermisst, nirgends zu finden.

Vladimir nahm seinen alten Freund in die Arme und beobachtete sein Leben durch den Blutverlust, der über seine Kleidung floss. Er öffnete sein Handgelenk, um es sanft in Anđelkos Mund zu legen, damit sie sich ernähren konnte.

Die reichhaltige Nahrung wanderte sofort an die Stelle der Wunde, wodurch sie sich zu schließen begann, selbst wenn die Heilkräfte kurzzeitig Schmerzen hatten.

Wie die Wirkung der gegossenen Carbolsäure sprudelte die Wunde für einen Moment und die giftigen Folgen wurden aus Anđelkos Körper ausgestoßen.

Vladimir nahm Kristinas provisorisches Tourniquet heraus und steckte es in seine Tasche, dankbar für ihr schnelles Eingreifen, um die Blutung zu stoppen.

Anđelko lag für einige Momente keuchend in Wladimir's Armen und gewann ihre Kraft zurück.

Während Vladimir die Puppe aus ihrem Mund nahm und die Wunde schloss, um seinen eigenen Verjüngungsprozess zu ermöglichen.

Anđelko war völlig am Boden zerstört von Kristinas Verschwinden, nicht von ihren Verletzungen.

Er erlaubte seinen Gedanken, offen für Wladimir zu sein, damit er die gesamte Begegnung frei sehen konnte.

"Mein Freund, du hast deine Verantwortung mir gegenüber nicht versagt. Du hast tapfer gekämpft, um Kristina zu beschützen." Vladimir sprach direkt mit Anđelko.

"Sie wissen, dass Markovic jetzt zurück ist. Meister Vladimir, er hat geschworen, Sie bei Ihrem letzten Treffen zu töten! Jetzt hat er Lady Kristina. Ich konnte es nicht ertragen, dass ihr etwas passiert! Ich liebe sie, als wäre sie eine Tochter und sie hat Ihnen Frieden gebracht und Glück, seit sie im Haus ist. "

Anđelko senkte beschämt den Kopf und vergaß, dass der Kranz aus Gänseblümchen immer noch von ihrer Stirn tanzte, etwas unpassend in der Szene von Blut und Zerstörung um sie herum.

Trotz des Ernstes der Situation erlaubte sich Wladimir einen entspannten Blick, um seine Augen zu verwirren, als er Anđelkos Vorräte einschließlich der Gänseblümchen betrachtete.

Er kontaktierte Darija und Roko einfühlsam und suchte in ihren Körpern nach Wunden, die Aufmerksamkeit erfordern würden.

Jeder hatte einen Schlag auf den Kopf, wo sie zusammengestoßen waren, aber sie würden sich bald erholen.

Eine weitere Sünde, für die Markovic bezahlen würde.

Seine Hunde waren seine geliebten Haustiere und er hielt sie in einer guten Position.

Er traf seine Entscheidung.

Er würde Darija und Roko erlauben, auf der Lichtung auf natürliche Weise zu heilen und Anđelko in die Villa zu bringen, wo der Rest ihrer Probleme viel besser gelöst werden konnte als dort draußen.

Schnell nahm er Anđelko und trug ihn in die Villa, setzte ihn bequem in seinem spartanischen Zimmer ab und ging wieder.

Er kehrte zur Lichtung zurück, wo sich Darija und Roko bereits bewegten.

Vladimir hielt inne, um sich das Schlachtfeld genauer anzusehen, und benutzte seine scharfen Sinne für alles, was übersehen wurde.

Er berührte schweigend das Stück Stoff in seiner Tasche als Verbindung zu seiner Kristina.

Seine Augen suchten den Weg, den Stankov zusammen mit der widerstrebenden Kristina im Schlepptau zurückgelegt hatte.

Versuchen Sie, wie er könnte, er konnte sich nicht mit ihr verbinden.

Sie befand sich in der frühen Lernphase dieses Prozesses, hatte die Aufgabe jedoch noch nicht abgeschlossen.

Zum Teil, weil sie andere, angenehmere Ziele verfolgt hatten.

Wladimir beschimpfte sich für einen Moment für diese Situation und richtete seine Energien ebenso schnell auf weitere Hinweise um.

Seine violetten Augen sahen einen kleinen Gegenstand auf der Straße am Rande der Lichtung verloren.

Als er dort hinüberging, hob er es nachdenklich auf.

Markovic würde über seinen Verlust wütend sein, wusste Vladimir.

Es war ein Cerulean-Samthalsband mit einem daran befestigten Anhänger.

Drinnen wusste Vladimir, dass er kleine Fotos von seinem alten Freund Stjepan und Stjepans Schwester Đurđa finden würde.

Wladimir drückte das Objekt an seine Lippen, um an Đurđa zu erinnern.

Sie war der Grund, warum Stjepan Markovic ihn jetzt verachtete.

Seufzend und müde von den turbulenten Gefühlen, die diese dunklen Gedanken in ihm hervorriefen, steckte Vladimir seine Halskette ein und kehrte zur Lichtung zurück, um die Szene und seine Möglichkeiten weiter zu bewerten.

Er untersuchte gründlich jeden Teil der Lichtung, bevor er seine Aufmerksamkeit wieder auf die Straße richtete.

# KAPITEL XVII

Kristina versuchte, ihren Körper als Hebel zu benutzen, um den massigen Stankov aufzuhalten.

Sie bestrafte ihn, indem sie ihn biss, bis er ihren Kopf wieder an der Seite packte.

Er legte seine Hand auf ihr Kinn und zwang seinen smaragdgrünen Blick, ihren zu begegnen. Seine Absichten waren dort deutlich erkennbar.

"Kristina, du wirst teuer bezahlen! Ich werde mit deinem schönen Körper entlüften und du wirst dich mir unterwerfen." Stankov grinste ihn an.

"Ich werde mich umbringen, bevor ich dir erlaube, mich zu berühren!" Kristina spuckte ihn verächtlich an, ohne Anzeichen von Angst im Gesicht.

"Lebendig, tot, es ist mir egal. Dein Körper wird mein Zeichen auf dir erkennen. Ich werde der letzte Mann sein, der dich besitzt und du wirst mich fühlen, das verspreche ich dir." Stankov drückte sie noch mehr gegen seine Brust.

"Du bist gemein und blasphemisch! Möge deine Seele in der Hölle verrotten!"

Kristina versuchte, ihr Knie zu bewegen, um ihn zu schlagen und ihn unfähig zu machen anzuhalten, wenn auch nur kurz.

Er spürte ihre Absichten, drehte seinen Körper leicht und senkte seine grausamen Lippen auf ihren verletzlichen Mund.

Er presste seine Lippen zusammen, drückte seine große Zunge tief in ihren Hals und übel wurde ihr durch seine Anwesenheit und seinen übelriechenden Atem.

Sie wand sich wütend und stolperte über sie.

Der Fremde griff in diesem Moment ein.

"Genug Stankov! Ich bin müde von deinem Spiel. Ich werde mich um das Mädchen kümmern. Deine idiotischen Aufmerksamkeiten werden mich nicht meiner Rache an Wladimir berauben. Ich habe viel länger als du auf den Triumph gewartet. Lass sie sofort frei!" seine kultivierten Töne.

Stankov gehorchte ohne Protest, und Kristina wischte sich mit dem Handrücken den Mund und sah Stankov verächtlich an.

Sie spuckte präzise direkt auf seinen Schuh.

Stankov hob wieder seine Hand zu ihr, nur um von der Hand des Fremden gestoppt zu werden.

Stattdessen schlug er Stankov angewidert wegen seiner mangelnden Kontrolle.

Er wandte sich an Kristina und sprach zum ersten Mal mit ihr.

"Mädchen, du verspottest ihn auf eigenes Risiko. Lass uns bitte vernünftig sein. Du hast derzeit kein Entrinnen. Erlaube mir, mich vorzustellen; ich bin Graf Stjepan Vanjavich Markovic und du, mein Lieber, bist in meiner Gefangenschaft. Benimm dich. Und erlaube es dir. Möge die Gnade, von der ich weiß, dass Sie sie besitzen, Ihre Leidenschaften für den Moment beherrschen. Ihr Vorname ist Kristina, wie ich weiß. Wie ist Ihr Nachname, Tochter?"

Stjepan sprach eloquent und begleitete seine Rede mit einem Bogen.

Kristina sah misstrauisch aus, war aber fasziniert von seinen Sprachmustern.

"Mein Name ist Kristina Jagavka Zlatovic und ich gehöre Lord Vladimir. Lassen Sie mich frei, Graf, weil ich nicht wissen kann, was Vladimir Ihnen antun wird, wenn Sie es nicht tun!"

Kristina regte sich und ihr Körper zitterte vor der Kraft ihrer unterdrückten Gefühle.

Stjepan lachte leicht über ihren Mut.

Ich würde es genießen, es zu brechen.

Es würde Vladimir mit einer zerbrochenen Puppe in Geist, Körper und Seele zurücklassen.

Er verzog zufrieden die Lippen bei diesem Gedanken, obwohl es eine Schande für jemanden wäre, der so charmant und lebhaft ist wie sie.

Es konnte jedoch nicht geholfen werden und er würde nicht aus dem Weg gehen.

Der Gedanke, Vladimir zu besiegen, erhitzte sein Blut und befeuerte seine Seele.

Vladimir Mislavirov würde für die Vergangenheit bezahlen und Kristina wäre Stjepans Instrument der Zerstörung.

Müde von der Langeweile seiner Art legte er eine Halskette um ihren Hals, an der ein Meter Kette befestigt war.

Kristina blinzelte überrascht über seine Methoden.

Sie hatte noch nie so etwas gesehen, mit dem diese Kreatur sie versklavt hatte.

Die Kette war eng anliegend, aber nicht zu eng, und als Stjepan sich umdrehte, um fortzufahren, zog er an der Kette, um sie in Bewegung zu bringen.

Jetzt ließ Kristina Angst in ihr Mark eindringen, als sie zögernd vorwärts taumelte und die volle Kraft ihrer Umstände durch die Dominanz dieses Mannes gestützt wurde.

Stankov war immer noch im Hintergrund und beeilte sich, mitzuhalten. Er wollte seinen Meister nicht weiter verärgern oder missfallen.

# KAPITEL XVIII

Anđelko erholte sich von ihren Verletzungen und machte sich auf den Weg nach Split, um von Stankov und Stjepan zu erfahren, was sie konnte.

Soweit er und Meister Wladimir wussten, gab es immer etwas, das übersehen werden konnte, und er wollte sicherstellen, dass sie alle Antworten hatten, um diese uralte Feindschaft zu bekämpfen.

Anđelkos erste Station war Goran.

Der Mann war langsam und hatte in Stankovs Schatten gelebt, aber wenn jemand etwas wusste, würde er es sein.

Er fand Goran, der sich um seine Schafe kümmerte.

"Goran! Du wirst mir geben, was ich will! Ich will Informationen über Stankov und gib sie mir jetzt!"

Anđelko sprach energisch in dem Wissen, dass sie Gorans volle Aufmerksamkeit für ihr Verhalten hatte.

Goran war immer von Anđelkos Anwesenheit eingeschüchtert worden, als er regelmäßig ins Dorf kam.

"Was ist passiert?".

Goran sah ihn verwirrt und verängstigt an.

Er versuchte nicht, den Mann zu beleidigen, indem er ihn fragte, warum er so verärgert war, und entschuldigte sich.

Er trat mit der Rinde seines Hirten zurück und bot Anđelko die Wärme seines Feuers an.

Seine gierigen Augen nahmen Anđelkos Gestalt an, als sie sich anmutig vorwärts bewegte und hockte, um ihre Hände zu wärmen.

Dieses Zeichen in dieser Nacht brach herein und schnelles Kühlen beunruhigte ihn.

"Goran, ich muss wissen, was Sie wissen, so belanglos Sie vielleicht denken. Stankov kam zurück und machte einen schrecklichen Fehler gegen Meister Wladimir. Er war in der Gesellschaft eines sehr grausamen Dämons und Kristina wurde gefangen genommen. Ich brauche Informationen darüber Stankovs geheime Verstecke, seine ursprünglichen Pläne für Kristina, alles! Wenn Sie Ihr Leben schätzen, dann werden Sie mir sagen, was ich wissen muss, und Sie werden es jetzt tun!"

Anđelko stand auf, packte das Hemd des Mannes grob und zwang seinen Körper näher an ihren.

Er beobachtete Gorans große Augen mit ebenso viel Angst wie unausgesprochenem Verlangen.

Zufrieden mit ihren unausgesprochenen Antworten wartete er auf die Antwort auf seine Fragen.

Goran rang nach Atem.

Anđelkos Nähe war sehr berauschend und sie schätzte die Veränderungen, die ihr Körper durchmachte, aber sie wusste, dass sie jetzt nicht die Gelegenheit haben würde, sie zu erkunden.

Er seufzte enttäuscht und antwortete:

"Anđelko, ich weiß sehr wenig über Stankovs Aktionen vor unserer Ankunft in der Villa. Er ist zurückhaltend und zurückgezogen. Ich weiß, dass er geplant hatte, am Tag nach Andrejs Beerdigung nach Kristina zu suchen. Er war wütend, als ich ihm erzählte, was ich in dieser Nacht gesehen hatte.".

Goran hielt inne, um zu Atem zu kommen.

"Er hatte die verlassene Hütte am Rande von Sreckos Grundstück besucht, die in der am weitesten von Split entfernten Landschaft. Ich glaube, er hatte vor, Kristina dort zu verführen."

Anđelko sah Goran ungläubig an.

"Glaubst du, er ist ein Verführer? Er wollte das Mädchen vergewaltigen und sie bei ihren Freunden lassen! Stankov war böse, bevor er sich Sreckos Eigentum näherte, dumm. Du hast dich vor seinem Willen verbeugt und bist ihm gefolgt wie der Welpe, der du bist Wie konntest du das nicht sehen und fühlen? Gott!"

Goran zuckte bei Anđelkos möglicher Vergeltung zusammen und hoffte, dass er ihre vollen Lippen so nah an seinen erkunden konnte.

Sie senkte vor Angst den Kopf, strich über Anđelkos Brust und stöhnte unerwartet.

Anđelko war sofort von ihrer Angst bewegt und wusste, dass Goran nicht schuld war.

Seufzend zog er Gorans zitternden Körper zu sich, formte seinen Kopf mit der Hand und formte ihn bis zur Kehle.

Er hatte nicht die Absicht, Goran zu verletzen.

Sie spürte das Gefühl der Lippen des Mannes, als sie ihren Adamsapfel verfolgten und Anđelko sich für den Moment dieser Freude unterwarf.

Die Atmung des Mannes wurde schnell und schwach, weil er nicht abgelehnt wurde.

Er genoss den warmen Salzgehalt von starkem Schweiß und leckte sie wie ein Kind.

Seine Nase vergrub sich weiter in Anđelkos Haut und atmete die berauschenden Düfte ein.

Er bewegte versuchsweise seine Hände um ihren Körper, um zu spüren, wie sich der Mann mit ihren ineinander verschlungenen Körpern zufrieden gab.

Die Freigabe von Ankoelkos angehaltenem Atem war Musik in ihren Ohren und sie schauderte vor Vorfreude.

Goran suchte nach Anđelkos Lippen, bewegte seinen Mund unter ihr Kinn und pflanzte sanfte Küsse.

Reisen Sie durch Ihren Kiefer zu Ihrem endgültigen Ziel.

Dort beeindruckte er nachdenklich ihren Mund und wartete geduldig auf Anđelkos Antwort.

Anđelko spürte sein Zögern und sprang mit räuberischer Inbrunst vor.

Er erkannte, wie sehr er Gorans Berührung wollte.

Da er wusste, dass Wladimir bei seiner Suche außerhalb seiner physischen und mentalen Reichweite lag, erlag er den Leidenschaften des anderen.

Ihr doppelter Zweck, einer, das Sättigungsgefühl beider und zwei, könnte sich als von unschätzbarem Wert erweisen, wenn Goran sich ihnen anschließt.

Er durchbohrte die Spalte von Gorans Lippen und rollte seine Zunge hinein, die Hitze wartete auf ihn.

Goran war bereitwillig, unterwürfig und von Emotionen überwältigt und fiel in seine Arme.

Sie war Jungfrau und hatte immer gewusst, dass sie diese Gefühle in der Vergangenheit unterdrückt hatte, aber mit Anđelkos Empfänglichkeit wollte sie wissen, was hinter diesem leidenschaftlichen Kuss lag.

Sie öffnete ihren Mund noch weiter und wagte es, sanft an Anđelkos Zunge zu saugen, was ihre Leidenschaften weiter entzündete.

Sein Körper bewegte sich als Reaktion, und der Beweis seiner Gefühle spannte sich in der Mitte seines Körpers an, nicht schmerzhaft, sondern in Erwartung.

Goran spürte auch, wie An evidenceelkos Wunsch ihn beeindruckte.

Sie begrüßte die Aufmerksamkeit, unterbrach den Kuss und zeigte Anđelko auf Einladung das nahe gelegene Bett an.

Anđelko verstand sofort und zog mit Goran in Eile an den Ort.

Sie brachen anmutig zusammen, die Gliedmaßen verhedderten sich und die Münder verschmolzen.

Anđelko saß mehr als zufriedenstellend zwischen Gorans Schenkeln und seufzte ihre wachsende Sensibilität in Gorans flehenden Mund.

# KAPITEL XIX

Kristina schüttelte müde den Kopf und versuchte, ihre Finger unter den Nacken zu drücken, um den Kragen etwas zu lockern.

Obwohl es ihre Luftzufuhr nicht unterbrach, hatte sie das Gefühl, dass ihre Atmung eingeschränkt war.

Sie packte die Kette, um Stjepan zu verlangsamen, da sie befürchtete, dass ihre Stimme von ihren Bemühungen und Zurückhaltungen heiser werden würde.

Stjepan drehte ungeduldig den Kopf und beobachtete ihren Kampf, ein grimmiger Ausdruck der Vorahnung auf ihrem Gesicht bei der Unterbrechung.

Er war nicht gestartet, weil er wusste, dass die Bodenbedeckung gerade sein Verbündeter war.

Er hatte einen Unsichtbarkeitsumhang gewählt, um die Bemühungen von Wladimir, nach seinem menschlichen Geliebten zu suchen, weiter zu vereiteln und zu behindern.

Er rieb sich nachdenklich das Gesicht, als er sich ihr näherte, um sie emotional aus dem Gleichgewicht zu bringen und seinem Willen zu unterwerfen.

In diesem Sinne formulierte er eine Antwort auf ihre Sturheit.

„Kristina, wenn du nicht jetzt meine Berührung an deinem Körper spüren willst, wirst du dich weiter vorwärts bewegen. Und ich verspreche, ich werde nicht sanft sein. Ich werde deinen Körper und deine Seele zerstören. Wenn dies deine Präferenz ist, dann behindert es weiterhin unseren Fortschritt." Zufrieden mit ihrer Antwort wartete er deine.

Kristinas Augen weiteten sich bei dieser impliziten Bedrohung und sie marschierte unaufhaltsam vorwärts. Die Niederlage in ihrem gegenwärtigen Zustand war auf ihren hängenden Schultern und in Bauchlage erkennbar.

Stjepan riss an der Kette, also musste sie zu ihm aufschauen.

Er zog es vor, dass sie noch eine Weile so weitermachte.

Die Idee der totalen Dominanz über sie war so süß.

Wenn sie jetzt unterwürfig würde, würde er die Art und Weise, wie er sie haben und sie benutzen wollte, nicht vollständig erforschen.

Er beobachtete ihre Bemühungen mit seinen Fingern an der Kette und Belustigung traf ihn wegen seiner Unfähigkeit.

Der Kragen verstärkte ihr stolzes Auftreten, das Band an ihrer Schulter lockte ihn dazu, ihr cremiges Fleisch zu erkunden, zumal fast eine Brustwarze herausstach und sie jetzt einen Feuerblitz in den Augen hatte.

Kristina versprach sich, dass sie zu gegebener Zeit eine wilde Katze sein würde.

Im Moment würde sie diese Demütigung ertragen und auf die Gelegenheit warten, zu fliehen.

Sie wusste, dass ihr Wladimir sie suchte und sie bald finden würde.

Er hoffte, ihn wiederzusehen und zu sehen, wie er diesen Dämon und den mit ihm besiegte.

Es tat ihm wenig weh, sich an Stankov zu erinnern, die Ursache seiner Bestürzung und Unterwürfigkeit.

Sie würde Gott und Wladimir erlauben, mit ihm umzugehen; Sie würde ihre Zeit oder Energie nicht länger mit ihm verschwenden.

Seine Augen wurden jedoch berechnend, als er Stjepan ansah.

Er widerstand der Kraft ihres Blicks und antwortete mit einem gruseligen Lachen.

Sie runzelte die Stirn, behielt aber ihre Gedanken für sich.

Sie wusste, dass er sich nicht mit ihr verbinden konnte und obwohl dies sie störte, weil sie nicht an Vladimir gebunden war, war sie tatsächlich dankbar für den Mangel an Voraussicht, den sie gehabt hatten.

Sie versuchte, teilnahmslos zu bleiben, obwohl sich ihre Gedanken vor turbulenten Emotionen drehten.

Sie blieb so, da sie nur wenige Möglichkeiten hatte.

Ihr Schwung gewann Stjepans Geist zurück und sie krochen tiefer in den dunklen Wald.

# FÜNFTER TEIL
# ÐURÐA

# KAPITEL XX

*Vor neunzig Jahren ...*

Vladimir brach Đurđas Griff um ihn.

Er hatte vergeblich versucht, ihr zu versichern, dass sie in Sicherheit sein würde, während er zum Füttern ging.

Đurđa war jung und sie war gereizt.

Er musste immer noch die Vampirbräuche verstehen.

"Genug, Đurđa! Ich muss füttern; ich bin schwach vor Mangel an Essen! Du hast mich in diesen zwei Tagen verwickelt, Schlampe!"

Wladimir lachte reichlich und war ein wenig gezwungen, als sich die Szene entwickelte.

"Aber Vladimir, ich möchte bei dir sein! Ich habe ein Gefühl und ich weiß, dass ich mich in deiner Gesellschaft sicherer fühlen würde. Warum lässt du mich nicht mit dir gehen, während du fütterst?" Đurđa überredete ihn.

"Đurđa, meine Liebe", begann Wladimir noch einmal. Es ist ein Ritual, das mit Blut durchgeführt wird. Sie müssen versuchen, die Liebe zu verstehen. Ich möchte Sie nur beschützen, denn wir beide wissen, dass es Ihre Sorge ist, sich dem zu stellen, der ich wirklich bin. Sie werden bei Anđelko in Sicherheit sein. Ich verspreche es Ihnen. "

"Wladimir! Mach dir darüber keine Sorgen, ich habe keine Angst vor dem, was du bist! Aber ich sehe, dass du mich nicht beschützt, ich habe genug gehört. Komm nicht hierher zurück, es sei denn, du willst bei mir sein! Wenn ich etwas brauche, schicke ich nach Stjepan. Ich will dich nicht sehen! ", Sagte er und drehte ihr den Rücken zu.

Ihre Worte durchbohrten seine Seele und er war angesichts ihres Zorns hilflos.

Er hatte Stjepan nicht zugehört, als er ihm riet, seine Schwester nicht zu verfolgen.

Sie war anders und sehr stur.

Vladimir hatte immer gedacht, es sei ein Zeichen ihrer Stärke, aber er wurde schnell müde von dem ständigen Kampf mit ihr.

Er hob eine Hand an ihre Schulter, zögerte und ließ sie dann frustriert auf seine Seite fallen.

"Wie du willst, Đurđa, nur für den Moment. Ich habe nicht die Absicht, dich zu befreien. Du gehörst zu mir. Dein Körper, dein Geist und dein Geist gehören mir. Vergiss das nie. Deine Kindlichkeit spricht von deiner Jugend und wir werden uns später bei meiner Rückkehr darum kümmern." Ich brauche Nahrung, sonst wirst du von mir in Lebensgefahr geraten, und das konnte ich nicht ertragen. "

Damit drehte sich Vladimir schnell um und ignorierte ihre Tränen, als seine wachsende Wut und sein Hunger drohten, seinen gesunden Menschenverstand außer Kraft zu setzen.

# KAPITEL XXI

Er war bei seiner Auswahl vorsichtig und hütete seinen Stolz aus Angst vor seinem unkontrollierten Zorn und kehrte in Kürze zurück.

Ein hohes Heulen beschleunigte seinen Vormarsch.

Er bemerkte, dass sein Unbehagen zunahm, je näher er der Villa kam.

Aber die Klage war nicht Anđelkos und es war nicht ĐurĐas, dessen war er sich sicher.

Er kannte ihre Schreie.

Sein Unbehagen wurde noch größer, als er sah, dass die Tür praktisch aus den Angeln gerissen wurde und die Anzeichen eines kürzlichen Kampfes direkt vor seiner Tür.

Er rannte hinein und stellte fest, dass Stjepan Đurđas leblosen Körper an seine Brust drückte und Anđelko gefesselt und bewusstlos am Boden lag.

Stjepans zerstörtes Gesicht konzentrierte sich auf Wladimir's Entsetzen.

Stjepan stand auf, immer noch mit Đurđas Körper, der sich schnell in seinem schützenden Griff abkühlte, und sagte kein Wort zu ihr.

Hass brannte in seinen Karamellaugen und er ging zu Vladimir, der am Tatort gelähmt war.

"Du bist blind, du unwissender Dummkopf!" Stjepan bestraft. "Sie sprach von Vorahnungen, kurz bevor sie starb. Sie waren zu weit gegangen, um etwas zu tun. Sie starb in meinen Armen und sagte, dass Sie sie nicht beschützen konnten. Ich gab sie Ihnen, weil Sie versprochen hatten, sie zu lieben und sie zu beschützen. Jetzt das! Sie sind geworden in einen mächtigen Feind Wladimir. Hören Sie, was ich jetzt sage, ich werde Đurđa rächen!"

Damit schob sich Stjepan durch einen fassungslosen Wladimir in die Nacht hinaus.

# KAPITEL XXII

Vladimir erwachte aus seinen Überlegungen zu Đurđa und Stjepan.

Er hatte eine Frau, die er geliebt hatte, im Stich gelassen, er war nicht bereit, eine andere im Stich zu lassen.

Er musste sich darauf konzentrieren, Kristina zurückzubekommen, sie hatte sein Herz.

Er konnte nicht bei der Vergangenheit stehen bleiben und die Dinge, die er nicht wusste oder nicht wusste, hatten sich geändert.

Er musste kalt und berechnend sein und sich nicht auf verrückte Weise darauf konzentrieren.

Er vertiefte sich in Gedanken, um sich an Stjepan und seine Gewohnheiten zu erinnern.

Seine Ohren zuckten, waren auf unnatürliche Geräusche eingestellt, seine Haut vibrierte in der Luft um ihn herum und suchte nach Nuancen und Veränderungen in seiner Umgebung. Seine Augen suchten ständig ohne Unterlass das Gelände darunter ab.

Er hatte stundenlang nach Fliegen gesucht.

Im Morgengrauen wusste er, dass er bald zu Boden gehen musste, um sich zu verbrennen.

Er beschloss, nicht in die Villa zurückzukehren, sondern im Wald Zuflucht zu suchen.

Er schuf schnell eine Kraft, um die Erde für seinen schmerzenden Körper zu öffnen und ruhte sich unruhig unter der Erde aus, um zu warten.

Mit vor Angst klopfendem Herzen fiel sie in einen tiefen Schlaf und Trance, als der neue Tag anbrach.

# KAPITEL XXIII

Anđelko regte sich in Gorans Umarmung.

Der Junge hatte es die ganze Nacht leidenschaftlich mit Liebe verschwendet.

Und er hatte es mit gleichem Eifer zurückgegeben.

Er musste sich jedoch wieder der Suche anschließen und bedauerte es ein wenig, wie angenehm diese letzten Stunden gewesen waren.

Goran sah ihn besorgt an.

Anđelko seufzte.

Er ist so jung, unschuldig und versteht nicht alle Ereignisse, die passiert sind.

Anđelko musste sich immer wieder an seine Firma erinnern.

Er trat leicht zurück und Goran verstärkte sofort seinen Griff und umarmte Anđelkos Nacken in einem tödlichen Griff.

"Hey, Kleiner. Ich bin so glücklich, dass ich mit dir in meinen Armen aufgewacht bin. Aber ich kann nicht länger warten."

"Oh, Anđelko! Ich hatte Angst, du würdest mich hassen und ich konnte das nicht ertragen." Goran weinte leise gegen seinen Hals.

Anđelko war sanft.

"Niemand, ich könnte dich niemals hassen. Ich liebe dich und ich habe es geliebt, dich letzte Nacht unter mir zu fühlen. Es ist lange her, seit ich mich so geliebt gefühlt habe. Dafür danke ich dir. Du hast nichts von mir zu befürchten, mein starker und gutaussehender Goran. Aber ich muss gehen. Aber ich komme wieder, ich schwöre. "

Er packte Gorans Arme und versuchte sie wegzutreiben.

Aber Goran hielt sich fest.

"Anđelko, bitte verlass mich nicht. Ich bin so einsam. Ich möchte bei dir bleiben. Ich verspreche, ich kann von Nutzen sein. Bitte lass mich nicht hier."

Anđelko betete um Geduld.

"Sehr gut, Kleiner. Aber denken Sie daran, wenn Sie mich verzögern, werde ich Sie dort lassen, wo Sie sind. Ich kann keinen weiteren Moment verlieren. Und wenn Sie mich verraten, werde ich es sofort beheben. Meine Sorgen sind derzeit ausschließlich für Kristina. Ihr Leben ist Lassen Sie mich keine Entscheidung treffen, mit der ich nicht leben könnte. "

Anđelko war absichtlich schroff, um ihren Standpunkt zu zeigen.

Goran konnte nur mit dem Kopf gegen Anđelkos Brust nicken.

"Sehr gut, du kannst kommen."

Goran stand schnell auf und begann das Feuer zu lagern und Vorräte zu sammeln.

Er pfiff nach seinem Schäferhund und flüsterte dem intelligenten Tier Anweisungen zu, das zu seinem Ausguck zurückkehrte, um die Schafe zu pflegen.

Und dann ging er, um sich schnell zu erleichtern.

In weniger als zwei Minuten war er zitternd auf den Beinen, aber aufmerksam auf Anđelko.

Anđelko nickte zustimmend.

Ein letzter Blick auf das Lager, als Goran sich den Schlafsack schnappte und sie gingen.

# KAPITEL XXIV

Kristina erwachte gefesselt an der Wand einer kleinen Hütte.

Das schwache Licht, das durch das Fenster fiel, sagte ihm, dass es später Nachmittag war.

Er sah sich verwirrt um, und dann brachte der anhaltende Schmerz auf seiner Wange seine Situation wieder in den Vordergrund.

Der Boden unter ihr war schmutzig und erinnerte an Essensreste und andere imaginäre Trümmer.

Sein Arm pochte gefesselt über ihr, sein Handgelenk tanzte locker gegen das Metall.

Ein lautes Schnarchen drang in seine Gedanken ein.

Stankov saß neben den Essensresten auf einem Tisch, sein Gesicht ruhte darauf, ein leerer Weinkrug vor ihm.

Sie zuckte bei seinem Anblick zusammen, versuchte sich diskret zu kratzen, spürte Ameisen und wer wusste was noch auf ihrer Haut.

Er sehnte sich danach zu baden und sich zu erleichtern.

Stjepan war nicht in Sicht.

Sie hasste es, mit Stankov umzugehen und zu schweigen.

Sie hatten ihm einen kleinen Topf mit Wasser und einen Topf hinterlassen, um sich selbst zu helfen.

So leise wie Mäuse, von denen sie sicher war, dass sie auch den Ort bewohnten, manövrierte sie sich über den Nachttopf und beendete schnell ihr Geschäft.

Dann schob er es sanft über den Boden, so weit wie möglich von ihr entfernt.

Sie wusste, dass ihre Haare schmutzig waren und sich zu verheddern begannen.

Sein Mund war trocken und sein Hals war ausgetrocknet und seine Kleidung war stark fleckig.

Sie war hungrig und sehnte sich nach dem Komfort von Wladimir's Armen um sie herum.

Sie vermisste ihn schrecklich.

Sie hob den Topf an die Lippen und schluckte das ranzig riechende Wasser hinunter, konnte aber nicht aufhören.

Bald leerte er die Tasse und spürte, wie sich sein Magen bei dem Eindringen drehte.

Sie kämpfte ein paar Minuten gegen Übelkeit, verzweifelt, das Wasser zu halten und verzweifelt, Stankov nicht zu wecken.

Sein übler Geruch durchdrang den Raum und fügte noch mehr Übelkeit hinzu.

Sie lehnte ihren Kopf an die Wand und holte tief Luft, um ihr Leiden zu lindern.

Es war ein kleiner Trost.

Tränen bildeten sich in ihren smaragdgrünen Augen und liefen unkontrolliert über ihre Wangen.

Sie hielt das Schluchzen zurück, bis es zu schmerzhaft wurde und die Angst brach.

Stankov sprang sofort auf und stöhnte vor Schmerz von der Wunde an seinem Hals.

Er rieb es ab, starrte Kristina an und schlug sich auf die Lippen.

Als er wieder die Zirkulation in seinen Armen bemerkte, stand er abrupt auf und sah den Nachttopf, ging zu ihm hinüber und knöpfte seine zerlumpte Hose auf.

Sie sah Kristina in die Augen und leerte trotz ihrer Abneigung und ihres Schauders ihre Blase vor sich und ignorierte die Spritzer auf ihren Schuhen und der Unterseite ihrer Hose.

Sie hielt sein halb schlaffes Glied in der Hand und streichelte es wiederholt.

Er schüttelte stolz das bereits steifere Mitglied über sein Gesicht.

"Saugen Sie, Sie kleine Hure. Geben Sie mir, was Sie Mislavirov gegeben haben. Tun Sie es jetzt und tun Sie es frei oder ich schiebe es in

Ihren Hals. Ich möchte Ihre Lippen herum. Ich möchte, dass Sie mich in Ihrem Mund fühlen. Öffnen Sie es jetzt!"

Er machte den letzten bedrohlichen Schritt auf eine trotzige Kristina mit großen Augen zu.

Kurz bevor seine Spitze ihren Mund berührte, spuckte sie ihn auf und auf seinen Schwanz.

Stankov lachte böse und rieb seinen Speichel über die Spitze.

"Weißt du nicht, wie du es mir leichter gemacht hast? Du bist ein Idiot, Kristina."

Stankov fuhr fort, es kurz zu reiben und bewegte es dann wieder zu seinen Lippen.

Diesmal packte er sie an den Haaren und zog ihren Nacken zurück.

"Öffne deinen Mund um Gottes willen oder ich werde dich zuerst schlagen und dann gewaltsam nehmen, was ich von dir will!"

"Fahr zur Hölle Stankov. Ich werde dich nicht unterwerfen!" Kristina sprach zum ersten Mal seit sie aufgewacht ist.

Ihre Stimme war heiser von der Unterwerfung des Halses in der Nacht zuvor und von ihrem Schluchzen.

Stankov hielt immer noch ihr Haar, drehte es grausam um seine Hand und zog noch mehr daran.

Seine Lippen teilten sich widerwillig, als er vor Schmerz zischte.

Er fing an, seine Männlichkeit in ihren Mund zu stecken.

Der zusätzliche Ekel, sein abstoßender Geruch, erwies sich als zu viel für Kristinas unruhigen Magen.

Sie würgte sie, würgte und schlug um sich zu übergeben.

Stankov, ungläubig in seinen Augen, ging schnell weg, während Kristina sich schwach nach vorne beugte, um ihre Kleidung nicht weiter zu beschmutzen.

Keuchend hielt er eine Seite und warf Stankov einen mörderischen Blick zu.

"Jetzt hindert mich nichts mehr daran, deinen Mund zu haben, Frau." Sagte Stankov triumphierend und freudig.

In einem Moment kehrte sie zu ihr zurück, im nächsten schlug sie gegen die Wand und fiel zu Boden.

Stjepan stand ungeduldig über ihm.

"Versuche sie noch einmal zu berühren, bevor sie für dich bereit ist und ich dich töten werde, wo du stehst oder wo du dich versteckst, Stankov. Deine Unfähigkeit macht jeden Nutzen zunichte, von dem ich dachte, dass du ihn hast. Bleib hier unten wie der Verdammte, der du bist, oder ich werde dich töten." Jetzt! Beachte meine Worte. Es ist deine letzte Warnung. "

Stjepan war großartig in seiner Wut und überragte den gebeugten Stankov.

Seine Karamellaugen schossen Feuer und Schwefel.

Zufrieden mit seiner Nachricht wandte er sich an eine trotzige Kristina.

Er war froh zu sehen, dass sein Kampfgeist nach der Nacht zuvor zurückkehrte.

Er ging zu ihr hinüber, streckte eine Hand aus und half einer vorsichtigen Kristina anmutig auf.

"Mein Lieber, ich entschuldige mich für diesen Trottel und für die elende Unterkunft. So sehr Sie ein Bauer für mich sind, ich habe Manieren und ich möchte nicht, dass Sie misshandelt werden. Zumindest für den Moment und solange Sie meinen Wünschen entsprechen. Wir werden zu mir ziehen In Kürze nach Hause, war dies nichts weiter als ein Ort zum Ausruhen und natürlich um sich Wladimir zu entziehen. Aber im Nebenzimmer gibt es eine Badewanne, die Sie zum Baden nutzen können, und Stankov wird Ihnen beim Baden etwas zu essen bringen. Ich werde auf der Hut sein, keine Angst, er wird dich nicht berühren. "

Stjepan sprach zuversichtlich und Kristina nahm sich einen Moment Zeit, um ihn dankbar anzusehen, bevor sie sich daran erinnerte, dass er der Grund war, warum sie dort war.

Da sie praktisch war, nahm sie sein Angebot anmutig an.

"Danke. Ich würde gerne baden."

Er lächelte und es verwandelte sein Gesicht und verwandelte seine asketischen Züge in einen Mann von Wärme und Charme, wie kurz es auch gewesen sein mag.

Kristina erblickte, wie es zu einem anderen Zeitpunkt in ihrem Leben gewesen sein musste.

Er löste ihr Handgelenk und sie begann sofort, es vorsichtig über ihren Körper zu legen, um zu vermeiden, sie mit etwas zu schlagen.

Er hielt seine Hand in ihrer und führte sie ins Hinterzimmer und aus Stankovs Sicht.

* * *

Stankov war wütend!

Aber er würde sich vorerst den Wünschen der Kreatur beugen, bis er sie aus diesem Land ausrotten konnte.

Es war ihm nicht mehr unangenehm, Markovic zu treffen, und er wollte ihn so schnell wie möglich korrigieren.

Er taumelte auf die Füße und ging zur Tür. Er wusste, dass er bestenfalls zu großem Leid verurteilt sein würde, wenn er nicht mit dem Essen zurückkehren würde.

# KAPITEL XXV

Stjepan beschäftigte sich einen Moment mit dem Bad, und bald füllte das dampfende und beruhigende Wasser die Metallwanne.

Er zog Kristina mit dem Versprechen frischer Kleidung ihre Kleider aus und sah zu, wie sie anmutig ins Badezimmer ging.

Er hatte deutlich gemacht, dass er nicht die Absicht hatte, den Raum zu verlassen, und dass sie sich im Moment keine Sorgen machen musste.

Indem sie nackt ins Wasser sank, ließ sie sich von ihren erholsamen Heilkräften weiter beeinflussen.

Sie stöhnte vor Freude und spürte, wie sich ihre Muskeln an diesem Tag zum ersten Mal entspannten.

Sie beugte sich vor, um ihre Haare vollständig zu benetzen.

Überrascht spürte sie Stjepans Finger auf ihrer Kopfhaut, als er sie ermutigte, still zu bleiben.

Dann goss er Krug um Krug Wasser über ihre Haare.

Er hob eine duftende Flasche mit einer Mischung aus Seife und Wildblumen auf und reparierte bald ihre Haare.

Seine Finger fühlten sich wunderbar an ihrem pochenden Kopf an.

Bald spürte sie, wie der ganze Schmerz von ihr floh.

Dann spülte er sanft ihre Haare aus, hielt sie über den Kopf und sagte ihr während des gesamten Prozesses kein einziges Wort.

Er trat zurück, um ihr Privatsphäre zu geben, während sie weiter badete.

Stjepan versuchte teilnahmslos zu sein, aber im Licht der sporadisch angezündeten Kerzen im Raum spiegelten sich die Schatten seiner Bewegungen an den sterilen Wänden.

Er spürte, wie sein Atem stockte und er spürte einen Stich darunter.

Er erinnerte sich daran, dass dies nicht die Zeit war!

Du musst geduldig sein!

Er konnte sich keine Fehler leisten und litt schweigend.

Kristina blieb sich dieser Situation nicht bewusst.

Langsam streckte er ein wohlgeformtes Kalb aus und genoss die Freiheit, dies zu tun.

Er balancierte sie am Rand der Wanne und schwelgte in einer milden Seife auf ihr, in langen, zirkulierenden Massagen.

Er achtete auf jeden Teil des Badezimmers, so dass Stjepans Unbehagen mit jedem Augenblick zunahm.

Als er bemerkte, dass er seinen Rücken nicht weit genug erreichen konnte, trat er trotz seiner Zweifel tapfer vor.

Sie nahm das Stück Seife von den Fingern und war plötzlich nervös. Sie konzentrierte sich darauf, gleichmäßig zu atmen.

Sie beugte sich vor und verschränkte verlegen die Arme vor der Brust.

Stjepan fand die Geste nach allem, was geschehen war, und für die Situation selbst etwas malerisch, sagte aber immer noch nichts.

Er war schnell fertig und vertraute sich nicht zu sehr, zumal sich seine Haut unter seinen engagierten Fingern seidig und geschmeidig anfühlte.

Diesmal spülte er ab und trat schneller zurück.

Seine Finger kribbelten immer noch, als er sie so innig berührte, und seine Gedanken schwirrten vor Möglichkeiten, die er schnell entließ.

Er drehte ihr den Rücken zu, als sie aus der Wanne aufstand und nach dem Handtuch griff, das in der Nähe zurückgelassen wurde.

Er hörte ihren Bewegungen zu und trat vorsichtig aus der Wanne, der Kraft, mit der sie sich abtrocknete, ihrer Atmung, ihrem sanften Miauen des Vergnügens, als sie frische Kleidung anzog, die ihn in diesem Moment verrückt machen sollte.

Er versuchte langsam und gleichmäßig zu atmen und bewegte sich unbehaglich von einer Seite zur anderen.

Sie bohrte ihre Nägel in ihre Handflächen, die Handflächen juckten, weil sie ihr Fleisch wieder unter sich hatte.

Er überarbeitete sogar seinen Angriffsplan gegen Wladimir, in der vergeblichen Hoffnung, seine wachsende Wut auszusenden.

Er biss die Zähne zusammen und stürmte aus dem Raum.

Kristina sah auf, erschrocken über seine schnelle Abreise.

Im Nebenzimmer hörte er etwas gegen die Wand krachen.

Sie wunderte sich über seinen Ausbruch und beeilte sich, sich anzuziehen.

Es war ein einfaches Bauernblusen- und Rockoutfit.

Unter der Kleidung auf dem Bett befanden sich noch empfindlichere Kleidungsstücke, für die er sich näher an seine Haut legte.

Sie wickelte Strümpfe um ihre Beine und schlüpfte mit den Füßen in die festen Schuhe, die er ihr hinterlassen hatte.

Sie seufzte, erleichtert, sauber zu sein, und rollte ihre Haare aus, um sie zu kämmen.

Als er sich dem kleinen Feuer im Kamin näherte, kniete er nieder, um die Haarmasse zu entwirren.

Sie spürte nie, wie er den Raum wieder betrat, bis er seine Hand über ihre legte, um die Bürste von ihren Fingern zu entfernen.

Er bearbeitete geduldig ihre Haare, beginnend an der Krone und bürstend bis zum Ende.

Ihre trockenen Locken zerrissen seine Knöchel, aber er fuhr fort.

Stjepan war wieder unter Kontrolle, aber kaum.

Aber das wäre bis zum Ende gewidmet.

Das Ende war zu diesem Zeitpunkt ungewiss, aber er stellte fest, dass er trotz der Umstände ihre Gesellschaft genoss.

Er hatte das nicht erwartet, aber er würde seine Zeit mit ihr genießen.

Er vergaß seine Mission nicht, legte sie aber für den Moment beiseite und streichelte sie wiederholt.

# KAPITEL XXVI

Vladimir tauchte aus dem Boden auf und fand schnell einige Waldtiere, um seinen Durst zu stillen.

Es war nicht das, wonach er sich sehnte, aber er hatte keine Zeit, nach menschlichem Fleisch zu suchen.

So hungrig er auch war, er ernährte sich kaum genug, um weiterzumachen.

Seine Ohren prickelten bei Geräuschen, die lauter waren, als er dachte, es könnte etwas von Natur sein.

Er hielt es für einen Bären oder ein Wildschwein und freute sich, Anđelko, Darija, Roko und einen der Bauern zu sehen, die Anfang der Woche mit Stankov vor seiner Haustür gewesen waren.

Er hob eine Augenbraue, wartete aber geduldig darauf, vorgestellt zu werden.

Anđelko spürte sein Bedürfnis und ging schnell zu ihrem Meister, um sich ihm anzubieten.

Vladimir trank, was er konnte, von Anđelko und versiegelte schnell ihr Fleisch von ihm.

Goran war erstaunt darüber.

Als er spürte, dass Vladimir noch nicht fertig war, trat er tapfer vor und hoffte, dass Vladimir ihn nicht zermürbte.

Vladimir spürte ihr Unbehagen, nahm aber an, was angeboten wurde.

Sein Mund genoss es, als die Flüssigkeit auf ihn überging.

Er blieb stehen, als er wusste, dass Goran alles gegeben hatte und fuhr mit seiner Zunge sanft über die Wunde.

Goran wich erleichtert zurück.

Ihm war ein bisschen schwindelig von der Erfahrung, aber er atmete immer noch ruhig, er lebte.

Vladimir fühlte sich satt genug, um zu sprechen.

Er packte Anđelko an seiner Brust und umarmte ihn fest.

"Mein Freund, es ist schön dich zu sehen und dass du auf den Beinen bist und in einem Stück. Du konntest deine Tracking-Fähigkeiten einsetzen und Darija und Roko mitbringen, ein Geniestreich."

Sie ließ Anđelko los und streichelte liebevoll jeden Wolfshund, während sie sich nacheinander mit den Zungen über die Finger leckten.

Roko sprang aus Zuneigung zu ihrem Meister, Darija wedelte mit dem Schwanz.

Anđelko nickte einmal bei seinem Lob.

"Ich habe Goran mitgebracht, da er bereit ist, uns zu helfen, Meister. Er weiß etwas über Stankovs Gedanken und ich dachte, es wäre nützlich, ihn als Verbündeten zu haben."

Anđelko sah ihrem Meister direkt in die Augen, als sie das sagte.

Vladimir spürte eine Unterströmung von etwas anderem, das er im Moment nicht identifizieren konnte, aber er ließ es passieren, weil er Kristina finden musste.

Er wusste, dass Anđelko privat mit ihm sprechen würde, wenn sich die erste Gelegenheit bot.

Er nickte leicht in Gorans Richtung und akzeptierte, was Anđelko sagte.

Goran atmete seinen unterdrückten Atem aus.

"Gut. Lassen Sie uns überprüfen, was wir wissen, und dann unseren Plan von dort aus umformulieren."

Vladimir machte sich an die Arbeit und hörte zuerst Anđelko und dann Goran zu.

Als sie das Gefühl hatten, dass alle verfügbaren Informationen offen zum Ausdruck gebracht worden waren, war Vladimir einen Moment nachdenklich.

"Okay. Ich nehme an, Stjepan und Stankov, wenn sie diese Hütte benutzen, von der sie mir erzählt haben, werden sie nicht lange dort bleiben. Stankov weiß, dass Goran den Ort kennt und dass er Stjepan kennt, er würde nicht riskieren, lange zu bleiben. Und dieser ist gerissen und will Rache. Es wird nicht leicht zu überraschen sein. Ich denke, er wird zu seiner Festung gehen, aber Stankov und Kristina werden ihn verzögern. Also fahren wir in das Dorf Omiš. Er hat den Vorteil, weiterzumachen, aber Ich erinnere mich, wo er lebt. "

Wladimir sagte letzteres in einem tödlichen Ton.

Es war offensichtlich, dass er eine Konfrontation mit seinem ehemaligen Freund, jetzt Feind, erwartete.

Er hasste es, dass Kristina beteiligt war, aber es gab ein altes Konto zu begleichen.

# KAPITEL XXVII

Stankov ging widerwillig zur Hütte zurück.

Er hatte ein Kaninchen gefangen und dort gehäutet, wo er es getötet hatte.

Er murmelte die ganze Zeit Verwünschungen und überlegte, wie er Markovic und Kristina loswerden könnte.

Aber erst nachdem sie an ihren Reizen, ihrem Körper teilgenommen hatte.

Er war sich sehr sicher, dass Wladimir nach ihm kommen würde, aber er würde sie haben.

Sie hatte alles mit ihren schlauen Wegen und Wimmern ruiniert.

Er konnte nicht einmal nach Hause zurückkehren, weil er befürchtete, die Dorfbewohner würden sich gegen ihn erheben, und er verfluchte Wladimir, weil er sein Schicksal besiegelt hatte.

Aber er würde sich rächen und es wäre sehr süß.

Er betrat die Hütte im Wald und legte das Kaninchen trotz seiner schmutzigen Rückstände auf den Tisch.

Ich würde keinen Frauenjob machen.

Ich würde Kristina das verdammte Ding putzen und grillen lassen.

Er stampfte in das kleine Zimmer und ging durch die Tür ins Hinterzimmer.

Sein Mund klappte auf, als er sah, wie Markovic sich die Haare bürstete.

Er spuckte angewidert aus, beobachtete aber seine Hände bei der Arbeit.

Er hustete kurz bevor er sich umdrehte.

Er war noch nicht bereit, gegen den Vampir zu kämpfen.

***

Er murmelte noch mehr, tat genau das, was er sagte, dass er es nicht tun würde, säuberte das Kaninchen und begann es auf dem mageren Feuer zu rösten.

Es dauerte nicht lange, bis Markovic zu ihm kam, aber Kristina zog es vor, im Hinterzimmer zu bleiben.

Stankov grunzte.

Hexe!

Sie wird damit nicht durchkommen.

Er maskierte schnell sein Gesicht und versuchte seine Gedanken zu schützen.

Er brauchte Markovic nicht, um das Ausmaß seiner inneren Schwärmereien zu kennen.

Unglücklicherweise für Stankov wusste Stjepan genau, welche schwachen Gedanken Stankov durch den Kopf gingen.

Und er mochte es nicht.

Er überlegte seinen Plan und dachte, er müsse Stankov möglicherweise früher als geplant loswerden.

Obwohl er immer noch vorhatte, die schöne Kristina für seine eigenen Zwecke zu benutzen, fühlte er sich beschützt von ihr und Stankov wurde zu einem Problem.

Zu dieser Zeit begann Stjepan, Stankovs Verschwinden zu planen.

Es gab kein Gespräch zwischen ihnen.

Stankov wurde von Moment zu Moment unbehaglicher und Stjepan war das egal.

Schließlich war das Kaninchen fertig, und Stankov zog es heraus und starrte es an.

Stjepan schob ihre Hand weg und rief Kristina zu.

Er betrat den Raum mit nur einem Moment des Zögerns, als er irgendwie feststellte, dass er Stjepan ein wenig vertrauen konnte.

Er hatte sie beim Baden nicht gestört, er hatte ihr die Haare gebürstet und sie war dankbar.

Sie durchquerte den Raum und nahm den Stuhl, den Stjepan angedeutet hatte.

Er reichte ihr das dampfende Kaninchen und entschuldigte sich, dass sie die Stücke von Hand entfernen musste.

Sie konnte nicht wissen, dass er eine weitere Höflichkeit tat, da der Geruch des gebratenen Kaninchens ihn abstoßend machte.

Sie versuchte zart zu sein, aber sie hatte Hunger.

Sie aß schnell und ignorierte das Fett, bis sie voll war.

Stjepan warf die Überreste nach Stankov, damit er das Kaninchen essen und erledigen konnte.

Kristina sah sich eine Sekunde lang hilflos nach etwas um, mit dem sie sich die Hände abwischen konnte.

Sie erinnerte sich an ihre zerstörten Kleider und stand auf, um sich damit die Hände abzuwischen.

Stankov nahm den letzten großen Bissen und schluckte ihn, kaum kauend.

Kristina kam schnell zurück und trat an Stjepans Seite.

Als Stankov fertig war, gab Stjepan bekannt, dass es Zeit sei zu gehen.

Da es in der Kabine nichts Wichtiges zu sammeln gab, gingen sie, nachdem sie das Feuer gelöscht hatten.

* * *

Das Wetter war gut für sie, als sie noch einmal in Richtung Stjepans Haus gingen.

Sie reisten schnell und erreichten schnell einen Goran-Stall.

Stankov schlich sich hinein und bog zwei Pferde in die Enge, um ihnen auf ihrer Reise zu helfen.

Er zog sie heraus und Stjepan half Kristina auf, bevor er sich hinter sie kletterte und Stankov sich selbst überlassen blieb.

Sie brachten die Pferde in einen flotten Galopp und machten sich wieder auf den Weg.

Stjepan war erleichtert, sich schnell zu bewegen, war sich aber der Schönheit, die vor ihm saß, sehr bewusst.

Er hielt für lange Zeit den Atem an und widerstand dem Drang, sie sanft gegen seine Brust zu drücken.

Kurz vor der Straße nach Omiš gab es einen niedrigen Ast.

Stjepan verschmolz geistig mit Stankovs Pferd und befahl ihm, mit halsbrecherischer Geschwindigkeit direkt auf den Ast zuzugehen.

Stankov erwartete weder den Geschwindigkeitsschub noch den Ast.

Sie krachte gegen ihn, fiel sofort vom Pferd und warf ihn bewusstlos.

Das freie Pferd seines Reiters kehrte sofort nach Hause zurück.

Stjepan hielt Kristina vor sich unter Kontrolle und setzte den Marsch fort.

# KAPITEL XXVIII

Vladimir und die Kompanie erreichten die verlassene Hütte.

Man bemerkte die jüngsten Anzeichen von Präsenz darin wie die anhaltenden Gerüche eines Feuers und die Überreste von gekochtem Kaninchen.

Als sie durch die Kabine gingen, fanden sie Kristinas weggeworfene Kleidung und Badewasser.

Als sie gingen, suchten sie nach Anzeichen dafür, in welche Richtung sie gegangen waren, um sicherzustellen, dass sie keine Richtung verpassten.

Weiter nach Süden folgten sie ihnen zur Scheune.

Sie waren verlassen, da Goran nur noch ein Pferd hatte.

Und gerade als sie zu verzweifeln begannen, kam das Pferd, das vor dem gefallenen Stankov weggelaufen war, in den Stall.

Die Seiten seines Mundes waren voller Schaum, aber die Männer konnten nicht erwarten, dass er sich viel ausruhte.

Goran streichelte das Pferd, sprach in sein Ohr und ließ es für einige Momente ruhen.

Dann gab er das Pferd aus dem Stall an Vladimir weiter und sie bestiegen schnell beide Pferde, wobei Darija und Roko neben ihnen liefen.

Anđelko und Goran teilten sich das Pferd, das zurückgekehrt war, und Vladimir saß auf dem kühleren Pferd, das sich im Stall befand, für den Fall, dass er seinen Feind schnell verfolgen musste.

Sie stießen bald auf den bewusstlosen Stankov.

Sie sahen es an und spornten ihre Pferde an.

Vladimir trennte sich von ihnen von Darija und Roko.

Anđelko und Gorans überarbeitetes Pferd blieb schließlich erschöpft stehen.

Sie betrachteten die müde Gestalt des Pferdes für einen Moment und banden es an einen Baum neben einem Bach, der frisches Wasser und Gras hatte, damit es sich erholte.

Dann gingen sie ihm zu Fuß nach.

# SECHSTE TEIL
# KATARINA

# KAPITEL XXIX

Stjepan führte das zitternde und erschöpfte Pferd vor seiner imposanten Villa zum Stehen.

Das Pferd schnaubte wild.

Sein Atem war in der eisigen Nachtluft zu sehen und schüttelte angewidert seine Mähne, weil er in dieser Nacht immer noch draußen war.

Stjepan sprang von seinem Rücken und hielt Kristina in seinen Armen, um zum offenen Portal zu gehen.

Gabrijel wartete dort auf seinen Meister.

Kristinas Gesicht wurde gegen seinen Körper gedrückt, wodurch ihr Hals freigelegt wurde und ihr kurzes Pochen aus der Vene in ihrem Nacken lenkte ihn ab.

Warme Ranken des Verlangens rasten durch ihre Adern, erhitzten ihr Blut und sammelten sich im Kern ihres Wesens.

Wie er wollte, dass sie dort nur einmal ihre Lippen drückte.

Aber er wusste, dass es selbst dann nicht genug sein würde.

Es war lange her, seit er das Rühren seiner intimsten Bereiche durch jemanden wie sie gespürt hatte.

Oh, wie er wünschte, er hätte sie vor Mislavirov gefunden!

Von all diesem verdammten Glück beklagte er sich frustriert.

"Gabrijel! Halten Sie die Tür geschlossen, aber nicht verriegelt und bereiten Sie sich auf Mislavirovs bevorstehende Ankunft vor! Ich werde diese schöne Kreatur im Haus deponieren und schnell zurück sein. Und kümmern Sie sich bitte um das Pferd. Es ist ein gutes Reittier."

Stjepan ging zu seinem Arbeitszimmer, das vor dem imposanten Eingang stand.

Er legte Kristina auf einen Plüschstuhl und stellte die schlanke Puppe, die sie sich schützte, neben das Feuer.

Er legte vorsichtig eine kleine Decke über ihren zitternden Körper.

Er trat einen Schritt zurück und maskierte das scharfe Verlangen, das sie wieder geweckt hatte.

Sie sah ihn verwirrt und flehend an.

"Es tut mir leid, meine süße Kristina. Ich kann dich nicht mehr besuchen oder unterbringen. Ich werde Helena mit etwas Wasser und Wein schicken. Bitte versuche dich in meiner Abwesenheit wohl zu fühlen. Ich werde in Kürze zurück sein."

Flüsterte Stjepan, strich sich die Haare aus dem Gesicht und fuhr mit einem Finger über ihre weiche Wange.

Er drehte sich abrupt um, hielt die Tür zum Flur offen und ließ sie verwirrt und mehr als ein wenig verwirrt zurück.

Überrascht von seinen Gedanken lehnte sie sich zurück, um über seine Bedeutung nachzudenken.

Sie stellte fest, dass sie den Mann trotz der Umstände mochte.

Er hatte sie ja erschreckt, aber auch beschützt und sich um sie gekümmert, und sie begann zu glauben, dass er keinen Instinkt hatte, sie zu verletzen.

Ihre Verwirrung war, dass sie Wladimir liebte; es gab keine Frage darüber oder wo seine Loyalität lag.

Aber keiner von ihnen wollte sie verletzen.

Sie war sehr verwirrt über all die Ereignisse, die sich in letzter Zeit ereignet hatten.

Sie wollte das Gefühl für einen Moment nutzlos vergessen, aber dann wartete sie.

Er konnte nichts anderes tun, egal wie sehr er es sich wünschte.

Er versuchte sich an alle Aktionen zu erinnern, die seit gestern stattgefunden hatten.

Und so sehr er versuchte, Stjepans Unbehagen abzuwehren, waren keine da.

Trotz ihrer anfänglichen Begegnung und ihrer Unterwerfung mit der Kette hatte er sie vor Stankov geschützt, und dafür war sie dankbar.

Sie wusste, dass er es nicht musste, aber er hatte es trotzdem getan.

Und er hatte sich ihr gegenüber ehrenvoll verhalten.

Unbewusst knabberte er an seiner Unterlippe und nahm Details auf.

Es war eine Übung gewesen, die Vladimir mit ihr gemacht hatte, um sie für ihre Umgebung zu sensibilisieren.

Anfangs waren es kleine Einstellungen gewesen, aber sie hatte vor ihrer Gefangenschaft mit größeren Einstellungen gearbeitet.

Das war einer der Gründe, warum sie Anđelko überzeugte, sie zur Lichtung zu bringen.

Sie hatte Wladimir mit ihrer Praxis überraschen wollen.

Aber es hat keinen Sinn darüber nachzudenken, was nicht geändert werden kann.

Er hoffte nur, dass er einen Frieden zwischen den beiden aushandeln konnte.

Das Arbeitszimmer, in dem sie ihn verlassen hatte, war elegant eingerichtet und passte gut zu dem Mann.

Das dunkle Kirschholz bildete starke Formteile und Kronen.

Die Rückseite des Raumes war in gedämpftem Moosgrün gehalten und mit Bücherregalen an den Wänden unterbrochen.

Der Kaminsims über dem Kamin war cremeweiß, auf dem zwei Kronleuchter mit ihrem fröhlichen Licht ruhten.

Ein Porträt von Đurđa muss an der Wand vor ihrem Kirschholzschreibtisch geschmückt worden sein, auf dem ein offenes Buch lag.

Und auf dem Porträtbild hielt sie einen Strauß Wildblumen in der Hand, ihre Haare fielen um sie herum und sie sah Kristina verwundert an, als sie Kristina anlächelte.

Sehr jung und sehr voller Leben.

Kristina seufzte jetzt mit großem Wissen für ihren Anteil an der Traurigkeit, die hier seit dem Verlust eines so charmanten und lebensfrohen Menschen wie sie geschehen war.

Stjepan schien nur die Hälfte seines Lebens in der Gegenwart zu leben, versunken in seiner Trauer um die Vergangenheit.

Ein leichtes Klopfen an der offenen Tür und ein Diener trat ein.

Ihre Wangen waren apfelförmig und sie lächelte zögernd, ihre weichen blauen Augen boten Freundlichkeit.

Sie humpelte leicht, als sie ging, und eine Schürze war um ihre breite Taille gebunden.

Er ging vorsichtig auf Kristina zu und stellte ein Tablett mit Getränken in Reichweite.

Sie verbeugte sich und ging schnell weg, als Kristina sprach.

"Danke. Helena, richtig?"

"Ja, Miss. Das bin ich."

"Helena, bitte setz dich ans Feuer. Ich möchte, dass du einen Moment mit mir sprichst."

Kristina überlegte, mehr über Stjepan zu erfahren, in der Hoffnung, eine Gelegenheit zu finden, die sie nutzen könnte, um eine Katastrophe zu vermeiden.

Der Komfort ihres Zuhauses, den sie in ihrem Kopf katalogisierte, und mehr von ihrer Persönlichkeit und Haltung waren das, wonach sie jetzt suchte.

Er versuchte mit allen Sinnen ein klareres Bild von diesem gequälten Mann und dem Schmerz zu bekommen, mit dem er zu kämpfen hatte.

Seine Freundlichkeit gegenüber ihr stand in krassem Gegensatz zu seinen bitteren Gefühlen gegenüber Wladimir.

Er sehnte sich danach, mehr darüber zu erfahren, was in dieser schicksalhaften Nacht geschah, die Đurđas Tod und die Kluft zwischen den dunklen Wesen verursachte.

Helena sah sie vorsichtig an.

"Aber Fräulein, ich kann das nicht tun."

"Bitte, Helena. Ich bin müde und bereit, mit einer Frau zu sprechen. Ich möchte dich nicht verletzen oder dir Schaden zufügen. Aber ich würde deine Gesellschaft schätzen", flehte Kristina.

"Sehr gut, Miss. Aber keine Tricks." Helena saß unbeholfen in Kristinas Beifahrersessel.

Bestürzt sah er den blauen Fleck an seinem Handgelenk an, sagte aber nichts darüber.

Die Wege ihres Meisters bleiben ihr auch nach all den Jahren so geheimnisvoll.

Sie bekreuzigte sich in der stillen Bitte, dass er bei seiner Suche gut geschützt sein würde.

"Keine Tricks, Helena. Und bitte nenn mich Kristina. Danke, dass du bei mir sitzt, weil ich weiß, dass du beschäftigt bist. Ich habe lange kein gutes Gespräch mit einer Frau geführt und ich habe sie sehr vermisst. Hast du seitdem für Conde Stjepan gearbeitet? vor langer Zeit?

"Miss Kristina, Gabrijel und ich sind kurz nach unserer Hochzeit vor zwanzig Jahren angekommen. Der Lehrer ist gut und nett zu uns und wir dienen ihm so gut wir können." Helena blies auf, als sie das sagte.

Sie zögerte, mehr als das zu sagen, fühlte sich aber von der schönen jungen Frau angezogen, die selbst in einer so verzweifelten Situation so stolz vor ihr saß.

In Kristina gab es ein Feuer und eine Leidenschaft, die sie an ihre einzige Tochter, Katarina, erinnerte.

"Hast du Kinder, Helena? Es tut mir leid, wenn das persönlich ist. Wenn du mir sagst, dass es so ist, werde ich nicht mehr fragen."

Kristina versuchte einen Weg zu finden, um das Gespräch, das sie wirklich mit der schüchternen Helena führen wollte, zu erleichtern.

Helenas Gesicht leuchtete noch mehr auf.

"Ja, ich habe eine Tochter, Katarina. Sie ist in der Schule, da die Lehrerin darauf bestand, dass sie gehen musste. Er sagt, dass sie klug ist und dass dies sie in die Lage versetzen würde, ihren Geist zu stärken. Ich vermisse sie schrecklich. Aber ich weiß, dass es das Beste ist. für sie. Der Lehrer weiß es. Er hat sie nie verletzt und will nur das Beste für sie, er liebt sie. Bald wird sie jedoch für immer zu Hause sein, bis sie verheiratet ist. "

Kristina dachte über diese Informationen nach und fühlte, dass sie ihre Gelegenheit gefunden hatte.

"Sie sagen, Graf Stjepan liebt sie?"

Helena wurde klar, dass sie falsch dargestellt hatte, aber es war zu spät, um dies zu korrigieren.

Er stand steif auf, verneigte sich vor Kristina und verließ abrupt den Raum.

Helena erwartete ein Treffen zwischen ihrer Katarina und Graf Stjepan, da sie wusste, dass sie für einander gemacht waren.

Sie waren ein auffälliges Paar, das alle sehen konnten.

Stjepans Augen folgten Katarinas Bewegungen, als sie nicht hinsah.

Aber sie war sich seiner Gedanken nicht bewusst und Katarina konnte ein willensstarkes Mädchen sein.

Sie eilte aus dem Raum und betete, dass Stjepan diese Nacht des Chaos und der Unruhe überleben würde, da Katarina bald zu Hause sein und dann sehen würde, was es zu sehen gab.

Kristina bedauerte Helenas Rückzug, aber dies waren sicherlich Informationen, für die es sich zu dekonzentrieren lohnt.

Sie war sich nicht sicher, ob sie das Recht hatte, es zu benutzen, aber vielleicht ...

Er entspannte seine Schultern auf dem Kissen des Stuhls und überlegte, was er mit diesem neuen Wissen anfangen könnte.

# KAPITEL XXX

Stjepan bewegte sich nach einem kurzen Bad anmutig, obwohl er wusste, dass die Situation bald explosiv werden würde.

Es hatte ein wenig gedauert, um darüber nachzudenken, was er vorhatte.

Seine spontanen Gedanken über Kristinas Schönheit hatten ihn dazu gebracht, Zugeständnisse zu machen, die tödliche Konsequenzen für ihn haben könnten.

Er brauchte Zeit, um seine Gedanken zusammenzuführen und seine Ziele im Auge zu behalten.

Und er empfand Reue, weil er so berührt war, als er wusste, dass seine Katarina zu ihm zurückkehren würde.

Sie wusste es immer noch nicht, aber er hatte vor, sich zu melden und hoffte, dass sie es akzeptieren würde.

Jetzt war er fassungslos über seine Reaktion auf Kristina.

Als ob er mehr Kopfschmerzen braucht.

Teufel noch mal!

Sie zog enge Reithosen mit polierten kniehohen Stiefeln an, dann ein weißes Hemd, das am Hals offen war und vorne kaskadierende Spitzen hatte.

Er kümmerte sich nicht um eine Weste oder einen Mantel, sondern nahm das Schwert und band die Scheide zur Seite.

Sie band sich achtlos die Haare mit einem Cerulean-Samtband zusammen.

Es war Đurđas Lieblingsfarbe gewesen und irgendwie fühlte er sich ihr näher.

Er war gebrochen über den Verlust des Medaillons und würde zur Lichtung zurückkehren, um es zu finden, nachdem er sich mit Wladimir befasst hatte.

Er verließ den Raum und besuchte Gabrijel und die Arrangements, die sie besprochen hatten, bevor er sich in sein Zimmer wagte.

Als er wieder den Eingang erreichte, sah er sich zufrieden um.

Sie wollte Wladimir schon lange zu sich nach Hause locken.

Es wurden also keine Bretter verwendet, um die Fenster abzudecken, und die Vordertür war unverschlossen.

Die Vorbereitungen für ein Abendessen waren abgeschlossen.

Sie hatte vor, gut und großzügig zu speisen, sobald sie mit ihm gestritten hatte.

Und Stjepan hoffte, Vladimir durch scheinbar wenig nervös und sehr sorglos aus dem Gleichgewicht zu bringen.

Mit zuckenden Lippen wartete er auf seinen erwarteten Gast.

# KAPITEL XXXI

Vladimir hielt das Pferd ein kurzes Stück von Markovics Haus entfernt an.

Er wusste, dass es auf beiden Seiten einen Sturzflug in die raue See gab, daher musste seine Annäherung entweder von vorne oder von rechts vom Eingang erfolgen.

Erinnerungen überfluteten ihn noch einmal von ihrer früheren Freundschaft, als er versuchte, sich im Haus zu erinnern ...

*Vor hundert Jahren ...*

Die beiden Freunde stürmten durch die Haustür und umarmten sich gegenseitig am Rücken.

Das Rennen, das vor dem Herrenhaus von Stjepan geendet hatte, war unentschieden gewesen.

Sie lachten und tauschten vulgäre Witze aus, wie es gute Freunde normalerweise tun.

Sie kehrten von einer Nacht des Aufruhrs zurück und hatten zwei Schönheiten getroffen, die ihre Bedürfnisse nach ein wenig Gold und etwas Essen befriedigt hatten.

Sie merkten kaum, dass sie auch etwas von ihrem Lebensblut gegeben hatten, um die beiden Vampire zu füttern.

Als sie fünfundzwanzig Jahre alt waren, fühlten sie, dass die Welt ihnen gehörte.

Und sie schwankten immer noch von ihren Erfahrungen vor sechs Monaten.

Damals fand ein älterer Vampir sie in einer ähnlichen Nacht.

Und er hatte sie zu seinen gemacht.

Nachdem sie Angst um ihr Leben hatten, waren sie dankbar, weiter zu atmen.

Und als sie jung waren, hatten sie die Aussaat wilder Samen noch nicht beendet.

Vladimir lächelte nachsichtig bei diesen Erinnerungen, musste sich aber auf neuere Ereignisse konzentrieren.

Tief seufzend kehrte er einige Monate vor Đurđas Tod in die Zeit zurück.

*Vor neunzig Jahren ...*

Wladimir war von Stjepan eingeladen worden, sie zu besuchen.

Die beiden Freunde hatten sich seit zwei Jahren nicht mehr gesehen, beide waren mit ihren Angelegenheiten beschäftigt und lernten mehr über die alte Kunst des Vampirismus.

Jeder hatte unter der Anleitung seines Meisters Mihael eine Zeit lang das Eigentum des anderen beaufsichtigt, und nun sollten sie ihre Freundschaft erneuern und die Rückkehr von Đurđa, Stjepans Schwester, feiern.

Er war seit zwölf Jahren in der Schule.

Sie war erst ein Kind gewesen, als Vladimir sie das letzte Mal gesehen hatte.

Aber er erinnerte sich an sie, als wäre es gestern gewesen.

Sie folgte ihnen wie ein Welpe, wenn sie es zuließen.

Alle vor ihren jeweiligen Transformationen, so gab es Besorgnis in ihrer Empfänglichkeit für die beiden.

Đurđa war in dem Jahr, in dem sie sich trafen, neun Jahre alt.

Eine späte Ehe mit Stjepans Vater hatte sie hervorgebracht.

Sie hatte milchig blonde Haare und ein sehr schönes Lächeln.

Am letzten Tag vor dem Schulabschluss hatte sie ihre Absichten, Wladimir zu heiraten, zu ihrem Lachen angekündigt, aber nicht zu ihrem.

Er hatte einen ruhigen und ernsten Ausdruck gehabt, als er es sagte.

Vladimir war sehr vorsichtig gewesen, hatte sich über ihre Hand gebeugt und ihr für das Kompliment gedankt.

Dann war er im Haus verschwunden, um nie wieder gesehen zu werden, bis sie gegangen war.

Er war gespannt auf die junge Frau, zu der sie geworden war.

Er hoffte, dass sie über das hinweggekommen war, was er hoffte, war eine vorübergehende Fantasie für ihn.

Er stieg die Stufen hinauf, hob den Klopfer zweimal und wartete geduldig darauf, dass er sich öffnete.

Er wurde schnell von Stjepans Butler vorgestellt.

Er reichte ihm Handschuhe und Hut und zog gerade seinen Mantel aus, als er auf den Stufen der Treppe ein leises Geräusch hörte.

Als sie zu dem leisen Geräusch aufblickte, hörte ihr Herz für einen Moment auf zu schlagen.

Die schönste Kreatur, die er jemals gesehen hatte, bewegte sich langsam auf ihn zu.

Ihr Haar war geschickt arrangiert, um ihre Schwanenhalsform freizulegen, ihre lebhaften Sherryaugen waren auf seine gerichtet und ihre Lippen verzogen sich zu einem schüchternen Lächeln.

Sie war elegant gekleidet in ein funkelndes Kleid aus dem hellsten Buttergelb, das ihre Taille einklemmte und den oberen Teil ihrer Brust seinen festlichen Augen aussetzte. Kleine Pantoffeln schmückten ihre Füße und zeigten bei jedem Abstieg einen kleinen Knöchel.

Vladimir hob einen Finger, um seine Halskette anzupassen, das einzige Zeichen dafür, dass er von ihrer Schönheit und dem unerwarteten Anstieg des Verlangens nach der Schwester seines Freundes gestört wurde.

Er räusperte sich, um die Kontrolle wiederzugewinnen.

Sie glitt auf ihn zu und spreizte ihre Finger, die er fröhlich drückte und schnell an seine Lippen brachte.

Đurđa lachte und erinnerte sich, dass dies die letzte Geste war, die sie ihm zeigte, als sie neun Jahre alt war.

Sie teilte ihre Lippen mit der bloßen Bürste seiner Lippen gegen ihr Fleisch und wartete darauf, dass er seinen Bogen beendete.

"Đurđa, du siehst hübsch aus. Und es ist kein Anzeichen in Sicht, dass der schelmische Kobold uns verfolgt. Schön dich zu sehen."

"Mein lieber Graf Wladimir, ich bin nicht mehr dieses Mädchen. Ich hoffe, raffinierter zu sein."

Seine musikalische Stimme erreichte seine Ohren und er begrüßte es.

Er spürte einen Knoten in seiner Brust durch die einfache Berührung seiner Finger mit ihren.

"Komm ins Arbeitszimmer. Stjepan sagte, er würde für einen Moment zu uns kommen. In meiner Ungeduld verließ ich ihn, um Helena Anweisungen für das Abendessen zu geben."

Vladimir war bereit, ihr ins Arbeitszimmer zu folgen, wobei er darauf achtete, seine Augen auf ihren Hals und nicht auf ihre Hüften zu richten, aber es war schwierig.

Er stellte seinen Hals noch einmal ein.

Đurđa drehte sich unerwartet um und warf sich in Wladimir's Arme.

Er hatte keine andere Wahl, als sie zu fangen.

Sie drehte ihr Gesicht zu seiner Schulter und umarmte ihn fest.

Vladimir konnte fühlen, wie sich die Umrisse ihres Körpers gegen seinen drückten, und er wusste, dass sie unauslöschlich in seinen Geist eingeprägt waren.

Er nahm sanft ihre Arme von ihrem Nacken, nachdem er sie kurz gehalten und wieder vor ihn gestellt hatte.

"Ich habe dich vermisst, Vladimir! Ich weiß, dass das rücksichtslos und weiblich ist, aber es ist wahr. Ich habe die Zeit angekreuzt, bis wir uns wieder trafen. Es tut mir leid!"

Er bedeckte seinen Mund und trat einen Schritt zurück.

"Bitte tut mir nicht leid, Đurđa. Ich ... habe dich auch vermisst. Ich hatte nicht bemerkt, wie viel."

Vladimir war überrascht, dies sagen zu hören, da er etwas ganz anderes sagen wollte.

Er würde es nicht zurücknehmen, besonders wenn seine Augen noch mehr leuchteten und seine Lippen sich wieder teilten.

Galant schob er seine kleine Hand in ihre Ellbogenbeuge und legte sie liegend auf eine kleine Couch.

Er nahm einen kleinen Snack, kam zu ihr zurück und beugte sich vor, als er ihn ihr reichte.

Stjepan schloss sich ihnen an und war selbst teuflisch gutaussehend.

Sie unterhielten sich eine Weile, bis es Zeit für das Abendessen war.

Also zogen sie ins Esszimmer und setzten ihr Zusammenleben fort.

Stjepan war verwirrt über die Unterströmungen und die Blicke zwischen seiner Schwester und ihrer Freundin, schrieb dies jedoch ihrer erneuten Wiedervereinigung zu.

Später in dieser Nacht war er ratlos und bemerkte, dass er sah, wie sich die beiden am Tisch verliebten.

In den folgenden Tagen gab Stjepan ihnen seinen Segen.

Wladimir und der Neuankömmling Đurđa hatten erst eine Woche zusammen in ihrem Haus gelebt, bevor die Tragödie eintrat.

Und Wladimir hatte Stjepan mit seinen Versprechen der Vergeltung seit dieser schrecklichen Nacht nicht mehr gesehen.

# KAPITEL XXXII

In seinen Gedanken hatte Wladimir das Haus durch seine Erinnerungen erneut besucht.

Er war bereit, Kristina zu retten.

Da er wusste, dass Stjepan warten würde, ging er zur Haustür und trat sie in einer Explosion übernatürlicher Kraft.

Stjepan stand auf der anderen Seite des Eingangs, nicht im geringsten erschrocken über seinen kraftvollen Eingang.

Kristina war auch mit einem weichen Tuch vor dem Mund dorthin gebracht worden.

Seine Augen waren riesig und sie zerrten an Wladimir, als er sie dort gefesselt sah und beim Anblick ihrer Liebe in den Klauen des Teufels von ihnen trank.

"Sie sind bekannt, Vladimir. Es ist gut, dass Sie sich uns anschließen."

Stjepan verbeugte sich leicht und ließ Vladimir nie aus den Augen.

Seine Hand schwebte über dem Schwert und berührte es nicht.

Sein Spiegelbild warf Schatten an die Wand und tanzte glücklich mit dem beleuchteten Flur.

"Stjepan! Ich schwöre bei allem, was heilig ist, wenn du ein Haar auf Kristinas Kopf beschädigt hast ..."

Trotz seiner Gefühle bei der Konfrontation mit seinem alten Freund war Vladimir brillant in seiner Leistung, eine tödliche Note, die in seiner Rede deutlich wurde.

Er berührte die Kette, ließ sie zwischen seinen Fingern laufen und vergewisserte sich, dass Stjepan sie dort sah.

Sie wickelte sich um ihre Finger, streichelte den Samt und neckte ihn im Gegenzug.

Stjepan posierte als unerschütterlich, als er den Familienschatz sah und seinen ungebrochenen Zorn unterdrückte. Er zuckte nur die Achseln.

"Mein lieber Wladimir, komm. Meine Verachtung und mein Zorn sind dir vorbehalten, nicht diesem lieben süßen Mädchen. Ich muss dir sagen, dass ihr Fleisch saftig, flexibel und sehr lecker ist.

Stjepan fuhr mit einer scheinbar nachlässigen Hand durch Kristinas Schlösser.

Kristina war entsetzt über seinen Kommentar und versuchte, die Falschheit seiner Worte auf Vladimir zu projizieren.

Wütend flog Vladimir auf Stjepan zu, der die Luft, die auf ihn zukam, für seine schnelle Rache ausnutzte.

Sie standen sich mitten im Raum gegenüber und kämpften Hand in Hand.

Es scheint, als hätten sie ihre Schwerter fast vergessen, als sie sich mit bitterem Zorn und ausgestreckten Krallen angriffen.

Sie sperrten sich für Stunden ein, ohne einen Zentimeter zu geben, hielten ihre Ressentiments fest und schürten ihren Hass mit dem Kontakt.

Mit Zischen und Grunzen nagten sie an der kalten Platte der Rache mit feurigen Leidenschaften, die von Vehemenz angeheizt wurden.

Vladimir hielt sich an Stjepan fest und drückte den Handballen hart, aber langsam gegen das Kinn seines Gegners. Er zwang seinen Kopf zurück, um sie in Schach zu halten.

Zu wissen, dass Stjepan sein Fleisch leicht mit seinen Zähnen zerreißen konnte, beendete diesen Kampf schnell.

Stjepan packte sie abrupt am Hals und ballte die geballte Faust an ihrem Mittelteil.

Er schickte den Mann durch die Luft, wo er mit einem beeindruckenden Knall auf der anderen Seite des Eingangsraums landete.

Der Raum donnerte mit der Kraft des Aufpralls.

Die Wand, gegen die er gelandet war, zitterte.

Ein Riss öffnete sich diagonal von der Basis bis zur Decke.

Vladimir war für einen Moment fassungslos und zuckte zusammen, als er sich von dem Boden erhob, auf dem er gesunken war.

Er wurde plötzlich wieder getroffen und erneut an die Wand gezwungen, begleitet von einem wütenden Knurren von Stjepan.

Die beiden nahmen ihren Kampf wieder auf.

Schlag um Schlag riss durch Fleisch, das im Verlauf des Kampfes langsam heilte.

Stjepan hatte eine blutige Lippe und Vladimir hatte einen Schnitt über dem Auge.

Kristina spannte sich gegen ihre Fesseln an und versuchte verzweifelt, das Tuch aus ihrem Mund zu entfernen.

Sie hatte ihn jetzt fast frei.

Sie zuckte zusammen, als sie sah, dass sie mehr Körperschläge austauschten.

Sie wünschte sich mehr Kraft, indem sie alle Kraftreserven nutzte, die sie in sich hatte.

Gabrijel und Helena sahen regungslos von der Tür des Esszimmers aus zu und blieben aus dem Weg.

In diesem Moment platzten Anđelko und Goran durch die Tür und traten mit einem Mädchen im Schlepptau ein.

Sie alle hörten sofort auf, was vor ihnen geschah.

Das kleine Mädchen hob die Kapuze ihres Umhangs und enthüllte Kaskaden aus Kupferhaar und leuchtend fragenden grünen Augen, Augen, die zu den Porträts an den Wänden von Stjepans Arbeitszimmer passten.

Gabrijel und Helena stießen Freudenschreie aus, als sie sie sahen.

Sie gaben ihren Posten auf und beeilten sich, sie mit ihren Körpern zu umarmen. Alle sprachen begeistert.

Vladimir und Stjepan merkten nicht, dass sie zwischen ihrer Rivalität und Konzentration so gefangen waren.

In diesem Moment gelang es Kristina, ihren Mund zu befreien.

Sie holte tief Luft und schrie gleichzeitig mit dem Mädchen, das nach der Umarmung ihrer Eltern von der Szene überrascht war, die sich vor ihr abspielte.

"Vladimir!" Kristina schrie verzweifelt aus vollen Lungen.

"Stjepan!" Katarina flehte ihn an und bemühte sich, dem Griff ihrer Eltern zu entkommen.

Beide Vampire waren verblüfft über die Kraft ihrer kombinierten Lungenkapazität und unerwarteten Sprache.

Unsichtbare Kräfte zwangen sie, sich zu trennen und nach den Frauen zu suchen.

Stjepan durchquerte die Halle mit beeindruckender Geschwindigkeit, um Katarina in einer entmutigenden Bärenumarmung zu erwischen.

Sie erwiderte es mit gleichem Eifer.

Vladimir ergriff Kristinas Gesicht in seinen Händen und brachte seine Lippen in einem langen, leidenschaftlichen Kuss zu ihren.

Als er es endlich brach, suchte er in ihren Augen nach der Wahrheit und fand sie dort. Er schloss kurz seine mit Erleichterung.

Er wusste, dass Stjepan ihr keinen Schaden zugefügt hatte.

Er befreite sie von ihrer Knechtschaft und zog sie an seinen Körper, um sie zu halten.

Sie schlang ihre Arme um seinen Hals, dankbar, dass er endlich wieder bei ihr war.

Er drehte sich zu den anderen um, Kristina fest an seine Seite gewickelt, und betrachtete die Szene vor sich.

Zu wissen, dass dies nicht vorbei war; Er führte sie vorsichtig zu der Gruppe an der Tür.

Stjepan sah auf und hielt sein schönes Mädchen in den Armen.

Er zitterte vor der Schlacht und vor dem Anblick von Katarina.

Er beobachtete Wladimir's Bewegung, machte aber keine wütende Bewegung auf ihn zu.

Er seufzte tief und fuhr sich mit den Fingern durch die Haare. Er wartete auf den nächsten Brand, aber der Kampf und das Bedürfnis nach Rache hatten seinen Körper verlassen.

Er wusste, was er in seinen Armen hatte und er hasste es, sie gehen zu lassen, da sie seine zu sein schien.

Alle verbleibenden Effekte, die Kristina auf ihn gemeistert hatte, wurden auf magische Weise auf die feurige Schönheit übertragen, die nun wusste, dass sie wirklich ihr Herz verloren hatte.

Lautlos winkte er mit der Hand zu dem Esstisch, den er vorbereitet hatte.

Immerhin war er ein liebenswürdiger Gastgeber.

# SIEBTE TEIL
# STANKOV

# KAPITEL XXXIII

Stankov bewegte langsam jedes Glied seines Körpers und weckte Ströme von Unbehagen.

Er hatte Kopfschmerzen und Ärger im Herzen.

Er brauchte eine Weile, um vom kalten Boden aufzustehen.

Sie bückte sich auf die Knie und versuchte zu Atem zu kommen, als die kalte Nachtluft durch ihre Seele strömte. Sie grunzte vor Anstrengung.

Da er trotz seiner Tapferkeit zu Beginn der Woche mehr Soldat als Anführer war, wusste er, dass er sorgfältig über seine Entscheidungen nachdenken musste.

Wenn Stjepan Vladimir zerstört, müsste er nur das Herz eines Vampirs zerstören und das Gegenteil ist auch gültig.

Er bewegte sich schwer.

Und oh, ihr Kopf schmerzte, sie hatte Tränen in den Augen von dieser Last und sie zitterte vor Kälte und Nässe.

Diese kleine Hure hatte viel zu verantworten und er würde ihr die richtigen Antworten beibringen.

Aufgrund seines erbärmlichen Elends konnte er bei seinen unzüchtigen Gedanken kein Lächeln auf den Lippen bekommen, also stapfte er auf Markovics Villa zu.

# KAPITEL XXXIV

Während sie sich umarmten, schlug Kristina gegen Wladimir.

Er verstärkte sofort seinen Griff um sie, zwang sie schweigend, so zu bleiben und knurrte leise an ihrer Stirn.

Er tat es nicht mit Ekel über das, was geschehen war, sondern mit dem verzweifelten Bedürfnis, sie zu umarmen.

Er konnte nicht anders als zu glauben, dass er sie fast verloren hatte, also blieb er stehen.

Er wäre am Boden zerstört, wenn sie jemals wirklich für ihn verloren wäre.

Wladimir war mit Stjepan keineswegs fertig, aber das konnte warten.

Kristinas Komfort und Sicherheit waren die wichtigsten Gedanken in ihrem Kopf.

"Mein Lord Stjepan, wenn ich mich erfrischen könnte, bevor wir uns am Tisch treffen, wäre ich dankbar." Kristina versuchte, beiden Männern gegenüber respektvoll zu sein, indem sie dies sagte.

In der Hoffnung, durch Ihre Anfrage keine Feindseligkeit zu verursachen.

Er spürte, wie sein Atem seine Lungen erreichte.

Vladimir zuckte innerlich bei seiner Höflichkeit und mangelnden Wut über die Situation zusammen.

Ich war nicht so eingeschüchtert.

Allerdings hat er die Szene in seinem Kopf hastig neu bewertet.

Für den Moment würde er seine Zeit abwarten müssen, entschied er.

Aber nicht viel.

Er hatte bis jetzt gewartet, um herauszufinden, was in dieser schrecklichen Nacht wirklich mit Đurđa passiert war, und er würde Antworten bekommen.

Er konnte es sich nicht leisten, länger zu warten.

Er brauchte das Sühnopfer oder die Schuld für seinen Tod, aber nicht diese Schwebe.

So würde es heute Abend auf die eine oder andere Weise gelöst werden.

Dann würde Stjepan für den Terror antworten, den er seiner kostbaren Kristina zugefügt hatte, was versprochen wurde.

Katarina unterstützte Kristina, indem sie darum bat, sich ebenfalls zu erfrischen.

Widerwillig, weil er sich nicht von ihr trennen wollte, erlaubte Stjepan ihm dies, aber nicht bevor er sie auf die Schläfe küsste.

Er war sich bewusst, dass er immer noch ohne sie sein könnte, wenn er nicht aufpasste.

Deshalb reagierte er nur langsam auf ihre Bitte und wollte nicht, dass dies das letzte Mal war, dass er sie in seinen Armen hielt.

Katarina zuckte zusammen, als sie den Pinsel seiner Lippen schätzte, trotz ihrer Bemühungen, fern zu bleiben, da sie noch nicht bereit war, ihre Gefühle für Stjepan zu teilen.

Ein Punkt, der umstritten war, weil sie darauf beharrte, bequem in seinen Armen zu bleiben.

Er wandte sich von Stjepan ab und nickte Kristina zu. Er führte sie in ein Gästezimmer, damit sie sich erfrischen und vielleicht reden konnten.

Der Rest der Gruppe ging leise ins Esszimmer und wartete auf seine Rückkehr.

Zwischen Wladimir und Stjepan kam es zu einem unruhigen Waffenstillstand, als sie durch den Raum gingen und sich gegenseitig aus dem Weg gingen.

Mehrere Gedanken, die in den Köpfen der Vampire grassierten, ließen sie beide Missbilligung vor sich hin murmeln.

Vladimir ging zum Fenster, um blind in die Dunkelheit der Nacht zu starren und sich zu fragen, wohin sein ganzer Zorn gegangen war.

Zum ersten Mal dachte er ernsthaft darüber nach, ob er und Stjepan ihre Differenzen klären könnten.

Aber er behielt diese Gedanken für sich.

Stjepan blieb am Tisch stehen, um nach Trauben zu greifen.

Nachdenklich kauend stand er regungslos still und dachte über sich nach.

Der wirbelnde Wirbel von Emotionen, den er verursacht hatte, verursachte einen momentanen Schmerz in seinem Kopf.

Ob er an seiner verbleibenden Wut festhalten oder die Möglichkeit akzeptieren sollte, dass Katarina und ihre Liebe in seinen Gedanken um die Vorherrschaft kämpfen.

Er hob eine Hand, um sich den Nacken zu reiben, versuchte den Druck zu entlasten und drückte dann den Nasenrücken.

Schließlich löste sich das Verständnis auf.

Er musste damit nicht allein sein, das war seine Wahl.

Den kalten Trost seines Zorns aufrechtzuerhalten, der sein Leben so lange beherrscht hatte, oder die Wärme und Freude zu finden, in Katarinas Armen zu sein.

Die kombinierten Auswirkungen, die Kristina und Katarina auf sie hatten, waren tiefgreifend und aus Anstand für ihre jeweilige Liebe. Sie würden sich weiterhin vorsichtig umgeben und einander anstarren, aber bis zu ihrer Rückkehr von weiterer Gewalt Abstand nehmen.

Sie wollten dem anderen keinen Zentimeter oder Vorteil verschaffen und warteten.

Jeder war neugierig auf das, was kommen würde, aber für den Moment würden sie ihre individuellen Stärken behalten und auf das Ende warten.

# KAPITEL XXXV

Goran sah sich verwundert nach den Sehenswürdigkeiten und Gerüchen um.

Die Aromen von teurem langsam gebratenem Rindfleisch, Soße und saftigem Kürbis in den bedeckten Terrinen ließen Ihre Geschmacksknospen vor Vorfreude salzen.

Sie hoffte, dass sie bald essen könnten, als ihr Magen bei der Erinnerung an ihr karges Frühstück vor langer Zeit knurrte.

Sie tätschelte ihren Bauch, als wollte sie ihn beruhigen, mit wenig Erfolg.

Und er schaute sehnsüchtig auf die sehr guten Weine, die zum Abendessen zur Verfügung standen.

Er zappelte mit seinem Hosenbund herum, riss und machte sich Sorgen, dass sich ein Seil entwirrte.

Anđelko lächelte ihn nachsichtig an, als sie das Spiel der Gefühle auf seinem Gesicht beobachtete und die Gedanken ihres jungen Gefährten richtig erriet.

Er versuchte selbst praktischer zu sein, aber der hübsche Junge dachte über andere Appetite nach, die befriedigt werden mussten.

Er überlegte besser, ob die beiden sich in die Scheune zurückziehen sollten, um die Hunde und Wolfshunde zu sehen, aber er musste warten, falls sein Herr ihn brauchte.

Er seufzte und ignorierte die tiefe Schwere in seinem Bauch, als er Goran in seiner Unschuld und Schönheit sah.

Ihr Wunsch, Goran zu umarmen und seinen süßen Mund zu küssen, würde warten müssen, bis eine Auflösung eintrat.

Er wusste, dass er es bereuen würde, wenn er oder Goran umkamen, aber er hatte ein langes Leben geführt und seine jüngsten Erinnerungen an Gorans Arme und Körper waren ein Trost für ihn.

Oh, die Liebe, die sie geteilt hatten, war wunderschön und wunderbar gewesen.

Es hatte so lange gedauert, bis er so viel Liebe empfunden hatte, und ihn mit Goran gefunden zu haben, war für ihn immer noch eine erstaunliche Sache.

Es hatte sich gut angefühlt und war wirklich herrlich gewesen.

Ein- oder zweimal so sehr, dass er seine Freude an der Weide für alle Schafe erfreut hatte.

Goran hatte ihm sehr gefallen und er wusste, dass er dem Jungen gefallen hatte.

Er konnte es kaum erwarten, bis er diesen Moment wieder traf.

Er blieb entschlossen an einem Ende des Tisches stehen, Goran an seiner Seite, und beobachtete die stillen, grüblerischen Männer.

Als niemand sie ansah, fuhr er mit den Fingern über Gorans Nacken und ließ ihn wissen, dass er an sie und ihre gemeinsame Zeit dachte.

Es war die erste Geste, die sie gemacht hatte, seit sie an diesem Morgen mit ihm aufgewacht war.

Goran schnurrte fast unter dem Kontakt, schaffte es aber, sich zu enthalten.

Er wollte nicht, dass zwei gequälte Augen ihn ansahen.

Die kleine Geste des Trostes war vorerst genug.

# KAPITEL XXXVI

Kristina war Katarinas Absicht nicht fremd und sie schätzte die Gelegenheit, mit ihr zu plaudern, nachdem sie die Leidenschaft miterlebt hatte, die zwischen ihr und Stjepan ausgebrochen war.

Jetzt war sie sich ihrer Position in dieser Angelegenheit sicherer und freute sich darüber.

Er fuhr sich mit einer Bürste durch die Haare und wartete geduldig darauf, dass die schöne junge Frau zuerst anfing.

Und er musste nicht lange warten.

"Mein Name ist Katarina. Ich weiß nicht, wer du bist oder wer der Rest von dir bei dir ist. Aber jetzt werde ich dir sagen, dass es hier kein Blutvergießen geben wird." Sie stampfte nachdrücklich mit dem Fuß. "Ich sehe, dass meine Rückkehr hierher etwas auf Eis gelegt hat. Aber es wird eine wiederhergestellte Ordnung in diesem Haus geben, bevor der Tag vorüber ist. Jetzt wirst du mir deine Geschichte erzählen." Sagte er mit großer Neugier und Entschlossenheit in seiner Stimme.

Sie stand hinter der sitzenden Kristina, die achtlos ihre Locken bürstete und im Spiegel nach ihren Augen suchte.

"Danke, Katarina. Ich bin Kristina und der Mann, mit dem ich zusammen bin, ist Vladimir. Wir müssen reden."

Katarina verzog das Gesicht und schürzte die Lippen über Kristinas zurückhaltendes Temperament und seine emotionslose Sprache.

Er wusste genau, dass er, bevor er das innere Feuer in seinen Augen gesehen hatte, sich von seinen Fesseln befreit hatte.

Dieser war so stur wie sie und sie hatten keine Zeit für feige Gefühle.

Stjepan war in Gefahr und würde zum Scheitern verurteilt sein, wenn ihr etwas passiert wäre, weil sie höflich war.

Kristina, die seinen Gesichtsausdruck sah, spürte, wie ihr Temperament als Reaktion anstieg.

Welches Recht hatte dieses Mädchen, sie zu beurteilen?

Atme Kristina und sei direkt.

Sie kann damit umgehen.

Sehen Sie die Funken in ihren Augen und die Lebendigkeit ihrer Haare im Licht.

Dieser hat Leidenschaft zu schonen und ist nicht dumm.

Er behielt seine ersten giftigen Gedanken bei und behielt sein Ziel im Blick. Er fuhr fort:

"Ich habe Ihnen viel über die jüngsten Ereignisse und das, was ich über vergangene Ereignisse weiß, zu erzählen. Deshalb ist es gut, dass Sie sich Sorgen machen. Damit meine ich nicht, dass Sie oder Ihre Familie mich nicht respektieren. Aber ich betrachte Sie auch nicht als Dummkopf. Sie und ich können viel Gutes zusammen tun. Und jetzt werde ich Ihnen alles erzählen, ohne Details zu beachten. "

Kristina blieb stehen, um tief Luft zu holen, und erklärte Katarina dann sorgfältig und ruhig alles, was sie wusste.

Katarina nahm alles schweigend in sich auf, hob mehrmals die Augenbrauen und hatte irgendwann ein meuterndes Licht in den Augen, als Kristina enthüllte, was in ihrem Badezimmer passiert war.

Als Kristina ihre Erklärungen abbrach, hatte Katarina ihre Fragen bereit.

"Kristina, danke für deine Offenheit und Begeisterung. Stjepan kann hartnäckig sein und hört nicht immer auf die Stimme der Vernunft. Ich vermute dasselbe von deinem Vladimir."

Katarina begann laut ihre Gedanken zu äußern.

Kristina hob bei seiner vertrauten Verwendung von Stjepans Namen und den offensichtlichen Annahmen in ihrer Rede die Augenbrauen.

Dann lachte er und erkannte, dass Katarina ein verwandter Geist in Sturheit und Liebe war und dass sie sich zusammenschließen konnten, um die Sackgasse zwischen Stjepan und Vladimir zu überwinden.

Kristina lachte immer noch und sagte:

"Oh, Katarina, ich habe das Gefühl, dass wir gute Freunde sein werden. Und ich möchte, dass wir Frieden zwischen diesen beiden schließen. Ich werde trotz meiner Liebe zu Vladimir nicht in einer Situation des Unbehagens leben. Das solltest du auch nicht. Es ist an der Zeit, dass Differenzen und Beschwerden werden gelöst. Dies ist mein Vorschlag ... "

Die beiden Mädchen kamen zusammen und plauderten über eine halbe Stunde lang schweigend, bevor sie sich für ihre Pläne entschieden.

Umarmt und mit dem Licht des Kampfes in den Augen und mit entschlossenen Schritten kehrten sie mit den anderen ins Esszimmer zurück.

# KAPITEL XXXVII

Beide Männer sahen von ihren inneren Gedanken auf, als sie eintraten, und machten sich sofort Sorgen um die konzentrierten Ausdrücke, die jede Schönheit besaß.

Fast wie zufällig begannen sie, ihre Gedanken in ihren Köpfen zu verbalisieren und sie versehentlich auf den anderen zu übertragen.

Ein weiteres fehlendes Glied, das sich schnell wieder etablierte.

Als sie früher kämpften, hatten sie ihre Absichten zueinander geschlossen, um den Kampf nicht in die andere Richtung zu lenken.

Aber jetzt machten sie sich Sorgen darüber, was diese beiden Frauen für sie auf Lager hatten.

Was für ein Übel ist das? Vladimir überlegte.

Normalerweise hatte er die Kontrolle über alle seine Gefühle, aber der Anblick eines offenen Kampfes mit Kristina würde fast sein Verhängnis sein.

Die Brust hob sich, ihre langen Locken flatterten beim Gehen, sie schritt mit gerunzelter Stirn zielstrebig auf ihn zu.

Dies war nicht dieselbe Frau, die sich früher an ihn geklammert hatte.

Wo war sie verschwunden?

Diese herannahende Harpyie hatte im Moment keine Liebe in ihren Augen.

Er seufzte wehmütig und wünschte, er könnte Stjepan wieder gegenüberstehen.

Die Frauen waren kompliziert und erwiesen sich als mehr als die meisten anderen.

Stjepan lachte über Wladimir's Gedanken, war aber ebenso besorgt.

Seine Katarina hatte einen meuterischen Ausdruck und Besorgnis in ihren Augen, aber sie war entschlossen.

Ihre Wangen waren geschwollen und Unruhe trübte ihre hübschen Gesichtszüge.

Was habe ich jetzt getan?

Ich beschütze nur mein Zuhause und meine Familie.

Und sie war seine Familie, ob sie es zugeben wollte oder nicht.

Tatsächlich schluckte er nervös, weil sie sich nicht im geringsten von ihm einschüchtern ließ.

Er sah das jetzt.

Trotz all ihrer Vampirkräfte und logischen Überlegungen hatte sie keine Angst.

Sie hat keine Angst vor ihm!

Stjepans Augen weiteten sich vor Erstaunen.

Das bedeutete, dass sie ihn wirklich liebte, denn warum sollte sie das sonst tun?

In diesem Moment sahen sich Stjepan und Vladimir tatsächlich mitleidig an.

Diese charmanten und mächtigen Frauen sahen tatsächlich ungeschlagen und unbewaffnet aus.

Was für ein Anblick!

Die Frauen, beginnend mit ihrem vereinbarten Plan, näherten sich den Männern und führten sie am Arm zum Tisch.

Niemand saß sich mit ihren Frauen an der Seite gegenüber und saß an der Spitze.

Schweigend saßen Anđelko und Goran am anderen Ende, um zu beobachten, wie sich die Ereignisse auflösten.

Helena und Gabrijel kamen herüber und servierten allen ein Glas Wein. Dann zogen sie sich zurück, um von der Küchentür aus zuzusehen.

Vladimir und Stjepan versuchten sich anzusehen, Stjepan erstickte an einem sanften Schlag gegen das Schienbein von Katarinas Schuh und Vladimirs innerem Ellbogen, der von Kristina eingeklemmt wurde.

Er dachte daran, sie zu ermahnen und dachte dann besser darüber nach.

Er lehnte sich in dem Stuhl zurück und sah ruhig, aber sehr wachsam aus, als er den ausgezeichneten Wein aus dem Stjepan-Keller nippte.

Beide Männer warteten und waren resigniert, dass die Frauen gerade sehr verantwortlich waren.

Eine tiefere Stille überkam sie alle und ließ sogar das Ticken der Uhr in einem beißenden Rhythmus schlagen, der von der absoluten Stille des Raumes widerhallte.

Die Nervosität unterdrückter Emotionen wirbelte herum, bis die Spannung unerträgliche Höhen erreichte.

Goran, der nicht alles verstand, was geschah, bewegte sich unbehaglich verwirrt.

Die Zerbrechlichkeit der Stille im Raum wurde durch seine Bewegungen unterbrochen.

Kristina neigte ihren Kopf zu Katarina und deutete an, dass sie zuerst handeln sollte.

Katarina holte tief Luft.

Sie sah jedem von ihnen in die Augen.

Zufrieden, dass sie ihre ungeteilte Aufmerksamkeit hatte, begann sie.

"Stjepan und Vladimir, dieses böse Blut zwischen dir endet heute Abend. Wir werden deinen Hass für eine weitere Minute nicht tolerieren."

Katarinas Stimme war leise und fest in ihrer Lieferung.

Seine Hände ruhten auf seinen Hüften, als er mit jedem von ihnen sprach.

"Davon abgesehen wissen wir, dass es Unterschiede gibt, die miteinander gelöst werden müssen, und wir werden nicht von diesem Tisch aufstehen, bis alles gelöst ist."

Katarina wandte sich jetzt an Stjepan und griff nach seinem Arm. Ihre flehenden Augen und ihre Liebe leuchteten zum ersten Mal klar und deutlich für alle sichtbar.

"Ich liebe dich Stjepan. Ich werde diese Liebe für deine Feindschaft nicht aufgeben, aber ich bin bereit dazu. Ich werde dieses Haus heute Nacht verlassen, wenn du deine Rache fortsetzt."

Stjepan spürte, wie ihr Herz anschwoll, als sie seine Liebesworte hörte, und Katarina hielt den Atem an, als sie ihm zum ersten Mal ihre Gefühle offenbarte.

Sein Blut pochte und sein Arm prickelte dort, wo sie es hielt.

Er war hilflos gegen ihre Leidenschaft, Schönheit und Intelligenz.

Er hatte lange darauf gewartet, dass aus seiner Katarina diese schöne junge Frau wurde.

Eine Frau, die seine wahre Partnerin sein könnte und würde, wenn sie etwas damit zu tun hätte.

Er war bereit, alles zu tun, um sie an seiner Seite zu halten.

Sogar Dinge mit Vladimir reparieren.

Allerdings konnte er in seinem Stolz nicht so leicht nachgeben, also grunzte er einfach und schwieg.

Oh, das hat Katarina bedauert.

Aber er konnte sehen, dass er es mit Vladimir nicht besser gemacht hatte.

Sie hatte ein leichtes Lächeln im Gesicht, als hätte Katarina Stjepan als einen unempfindlichen jungen Mann und nicht als einen Mann beschrieben.

Oh, das hätte ich für die Welt nicht verpasst! Dachte er sich.

Stjepan verlegen aussehen zu sehen, war wie Musik in seinem Herzen.

Er lachte kurz über Stjepan, der sich auf seinem Sitz windete.

Katarina starrte ihn eine Sekunde lang böse an und sah, wie er bei ihrem heftigen Gesichtsausdruck eine Augenbraue hob. Dann entschied sie, dass dies das Problem war, das Kristina kontrollieren musste.

Als sie sah, wie ihre neue Freundin tief Luft holte und dann Vladimir über den Tisch sah, lächelte sie erwartungsvoll.

Kristina klopfte mit den Fingerknöcheln auf den Tisch, um seine Aufmerksamkeit auf sie zu lenken.

"Vladimir!" Kristina schrie ihn wütend an und ihre Augen verengten sich vor Bestürzung, als sie aufstand.

Sie erkannte offensichtlich nicht das Risiko für sie in ihrer Person, wenn sie sich weiterhin so krass benahm, dachte Katarina bei sich.

Stjepan schien zufrieden zu sein, dass jetzt auch er das bekommen würde, was er verdient hatte.

Er richtete das Spielfeld in seinen Augen neu aus.

Die beiden Vampire waren sich immer noch nicht ganz einig, aber ihre Rivalität hatte sich mit dem Aufkommen der Frauen ernsthaft verschlechtert.

"Als Katarina ihre Wahrheit sagte, sprach sie auch für mich. Lösen Sie Ihre Differenzen oder es gibt keine mehr. Ich bin ein Schmuckstück für Ihre Villa, Ihren Tisch oder Ihr Bett. Männer! Bah! Alles, was Sie tun, ist zu nehmen, zu nehmen und zu trinken!" Teilen und erobern. Woher hat dich das gebracht? Sicherlich keine der Antworten auf die Fragen, die du immer zu enthüllen versucht hast! Wenn du diese Gelegenheit hier und jetzt nicht nutzt, um dich wieder mit Stjepan anzufreunden, kann ich das nicht Du! "

In diesem Moment wurde allen klar, dass Kristina Vladimir mit dem Finger in die Brust geschlagen hatte, um ihre Position zu behaupten.

Ihre winzige Statur, in der sie stand, stimmte nicht mit ihrem befehlenden Einfluss überein, selbst wenn er saß.

Vladimir richtete sich jedoch auf und bedeckte sanft ihren Finger mit seiner Hand.

"Sehr gut, Kristina. Befehl, und ich gehorche in diesem Fall. Sie wissen, dass ich Sie halten kann, selbst wenn Sie versuchen zu fliehen, und während das Spaß machen könnte, höre ich zu, was Sie sagen."

Wladimir machte einen Versuch, einen Sinn für Humor aus seiner Stimme herauszuhalten, als er dies sagte, scheiterte aber kläglich.

Sie war seine und sie würde bleiben, wenn er sie an seine Seite ketten müsste.

Kristina sagte nichts und wartete nur darauf, dass er fortfuhr, als sein Fuß den Boden berührte.

"Sie haben mich mit Ihrer Liebe und feurigen Natur und Begeisterung erobert. Ich werde alle Anstrengungen unternehmen, um Stjepan auf halbem Weg zu treffen."

Vladimir legte dann seine Hand an seine Lippen und küsste ihre Knöchel.

Betäubt von seiner schnellen Kapitulation und seinem Kuss sank sie in ihrem Stuhl zurück, ihre Augen weit aufgerissen mit dem dunklen Wirbel der Leidenschaft in ihrem.

Dann wusste er, dass alles gut werden würde.

Alles davon.

Vladimir und Stjepan.

Sie und Vladimir.

Sie würden für immer gleichberechtigt in ihrem Bündnis leben.

Sie schloss die Augen mit Erleichterung, Liebe und Dankbarkeit.

Vladimir sah Stjepan zum ersten Mal ohne Hitze in den Augen an und begann.

"Stjepan. Du warst einmal der Bruder meiner Seele. Mein bester Freund. Du und ich haben alles zusammen gemacht, wir haben alles geteilt, einschließlich Đurđas Liebe. Ich habe dich vermisst, auch wenn ich dich nicht erkannt habe. Ich habe kein Recht, mich zu entschuldigen, weil du Ich habe versagt Đurđa. Ich habe versagt, weil ich nicht auf seine Angst gehört habe. Aber ich hätte ihn nie verletzt. Sie müssen das wissen! Können wir unsere Differenzen nicht lösen? Wenn es nicht wieder Freundschaft sein kann, zumindest ein Friedensabkommen? "

Er verstummte nach ihren Worten mit leiser Stimme.

Stjepan fuhr sich mit den Fingern durch die Haare und atmete aus. Er bemerkte eine wachsame Katarina an seiner Seite, deren Hand mit seiner unter dem Tisch verschränkt war.

"Vladimir, mein Herz wurde von meinem Körper gerissen, als ich Đurđa sah. Ich hörte in diesem Moment auf zu leben. Es war alles was ich hatte! Es war alles was Güte und Licht in dieser Welt war! Und ich vertraute es dir an! ""

Bittere Beschimpfung, die von seinen Lippen kam.

Stjepan stöhnte in diesem Moment und war traurig über seinen Schmerz.

Schmerzen, die ich noch nie erlebt hatte.

Er erforschte die Tiefen seiner Seele, lief durch seine Adern und ließ seinen Körper in großen Schluchzen zurück.

Katarina schlang sofort und vorbehaltlos ihre Arme um ihn, wiegte ihn sanft und sang in sein Ohr.

Er sah auf und sah stille Tränen, die unkontrolliert und unverschämt über Wladimir's Gesicht tropften.

Kristina kümmerte sich um ihn und seine Bedürfnisse, strich mit ihren Fingern sanft über seine Wangen und drückte sanfte Küsse, wo die Spuren der Tränen lagen.

"Weinen Sie, meine Liebe. Lassen Sie die Gifte der Vergangenheit Ihren Körper ein für alle Mal verlassen. Denken Sie daran, wie gut Đurđa war und wissen Sie, dass ich an Ihrer Seite sein werde, während Sie es tun."

Katarina setzte ihre sanften Intonationen fort, hielt Stjepan nur nahe an ihr Herz und ließ sich von ihrer Liebe zu ihm in die Wolke ihres Seins einhüllen.

Dann griff er nach ihr, schlang seine eigenen Arme um ihren zitternden Körper und nahm ihr Geschenk der Nahrung an.

Nach einem Moment der Stille wischte sie sich die vergossenen Tränen und die Trauer von ihrem Gesicht, wo sie sich niedergelassen hatten, und versuchte, sich wieder zu beruhigen.

Als er das tat, stellte er fest, dass Vladimir und Kristina auf seine Seite getreten waren.

Mit mächtiger Anmut erhob er sich und erwischte Wladimir in einer Bärenumarmung von großer Größe.

Die beiden Freunde weinten zusammen über ihren gegenseitigen Verlust.

Sie teilten ihren Schmerz, den sie über alles wussten, was in früheren Zeiten passiert war.

Sie umarmten sich minutenlang, ihre Gefährten standen neben ihnen und waren auch bereit, auf Nachfrage ihren eigenen Komfort zu bieten.

Schließlich trennten sie sich, um zusammenzusitzen und ihr Duell fortzusetzen.

Alles war still und still, bis auf das mühsame Atmen der beiden Vampire, ehemalige enge Freunde, dann erbitterte Feinde, die jetzt wieder zusammen trauern.

# KAPITEL XXXVIII

Instinktiv wissend, dass die vier einige Zeit alleine brauchten, verließen die anderen den Speisesaal.

Helena und Gabrijel in die Küche.

Die Suppe musste noch gepflegt werden.

Es war auf dem riesigen Gusseisenofen zum Servieren aufgewärmt worden.

Helena fügte der Mischung eine Prise Salz und Pfeffer hinzu und probierte sie zur endgültigen Genehmigung.

Gabrijel fegte den Boden, um seiner Helena zu helfen.

Seine Liebe zu ihr und ihrer Tochter leuchtete in ihren Augen, als sie sah, wie ihre Liebe ihre Suppe würzte.

Er hielt sich für einen sehr glücklichen Mann, als sein Blick auf seinen runden Hintern fiel.

Nach all den Jahren verursachte sie ihm immer noch Lust und Begierde.

Er begann leise zu summen, als seine Gedanken sich später in dieser Nacht, nachdem sie gegangen waren, zuwandten.

Goran und Anđelko gingen in die Scheunen.

Sobald sie keine unerwünschten Blicke mehr hatten, umarmten sie sich in den dunklen Schatten der Scheune.

Mit einer Taschenlampe, die schwaches Licht flackern ließ, fingen sie ihre Silhouetten ein, als sie zusammen schwankten.

Das Duo tanzte vor den schlafenden Kreaturen, die in der Scheune lebten.

Die sanften Berührungen wurden im Laufe der Minuten leidenschaftlicher.

Die sanften Küsse wurden heißer, die Hände bewegten sich frei übereinander und legten die Kleidung beiseite.

Liebesgeräusche verfingen sich in ihren Kehlen und wurden in ihren Mündern gefangen.

So fand Stankov sie und kramte in ihren Kleidern.

Er verspottete schweigend das umarmende Paar, als er sich näherte. Schließen.

Noch näher.

Darija und Roko hatten sich nach den Ereignissen des Tages vor Wärme zusammengekauert, und die Pferde tranken lautlos Futter aus den nahe gelegenen Eimern Haferflocken.

Sie standen sofort auf, ihre Haare standen zu Berge und ihre Münder öffneten sich vor Erstaunen.

Aber es stellte sich als zu spät heraus.

Stankov schlug Goran mit einem schweren Stock auf den Kopf, bevor Anđelko reagieren konnte.

Er fiel bewusstlos zu Boden, Blut bedeckte seinen Hinterkopf, ein großer Fleck war zu sehen.

Anđelko brüllte vor Wut und Mitleid über den geworfenen Körper ihres Geliebten und stürzte sich auf Stankov, während Darija und Roko, die bereits vom Lärm wach waren, auf den Fersen waren.

Stankov griff sie mit seinem Schläger an und tat sein Bestes, um sie in Schach zu halten, aber sie rückten von allen Seiten auf ihn vor.

Als der eine oder andere von Stankovs wildem Schwung geblendet wurde, setzten die anderen beiden ihren Weg nach vorne fort.

Zoll für Zoll verlor Stankov an Boden.

Endlich komplett zurück in Richtung Scheunenwand.

Und doch rückten sie weiter vor.

Es war schwierig festzustellen, wer wütender war, Anđelko oder die Hunde.

Speichel bedeckte jeden ihrer Unterkiefer, mörderische Absicht in ihren Augen.

Und da Stankov nicht sehen konnte, wohin er ging, machte er langsame, gemessene Schritte auf dem Rückzug.

Sein Atem war unruhig von seinen Bemühungen, seine Augen weit aufgerissen und unkonzentriert, und er traf jetzt blind, als die Realität seiner Situation ihn überflutete.

Er stolperte über einen kleinen Felsvorsprung und fiel rückwärts, sein Schläger war gerade außerhalb der Reichweite seiner Finger.

Und sie waren in Sekundenschnelle auf ihm wie eine gefräßige Herde.

Die Hunde rissen an ihrem exponierten Körper, Anđelko schlug mit harten Fäusten auf Gesicht und Brust.

Stankov wurde geschlagen und er wusste es.

Sie zeigte einen letzten Kraftschub, ließ ihn los und begann schwer hinkend zu springen.

Er hatte jedoch seinen Orientierungssinn verloren und rannte direkt zu den Klippen.

Als er es bemerkte, quietschte er bestürzt und sein Körper stürzte auf die tückischen Felsen unten zu.

Der heulende Schrei verblasste vor dem Hintergrund des tobenden Meeres.

Vorsichtig gingen Anđelko und die Hunde auf die Kante zu.

Und sie waren zufrieden, dass Stankov nicht mehr lebte.

Mit seinem Hals, der in einem seltsamen Winkel zum Rest seines Körpers gedreht war, sahen sie mit Jubel zu, wie die raue See seinen Körper beanspruchte.

Anđelko ging zurück in die Scheune und stellte sich neben Gorans bewegungslosen Körper. Sie benutzte verzweifelt weiche Finger, um die Wunde zu untersuchen, während sie auf seine Brust hörte.

Klebrige Wärme traf sich reichlich mit ihren Fingern.

Die Wunde war tief und drang bis in den Knochen ein, den ich fühlen kann.

Verzweifelt starrte sie auf die Konkavität von Gorans Brust, die kaum in seinem Bauernhemd flüsterte.

Als er einen leichten, heiseren Atemzug hörte, nahm er seine Liebe auf und rannte zur Villa.

Darija und Roko hüpften hinter ihre Füße, ihre Münder immer noch mit Stankov-Stücken bedeckt.

Er wusste, dass Vampire Goran helfen konnten.

Sie mussten!

Er hatte mehrmals gesehen, wie Wladimir bei kranken Wesen Heilung verursacht hatte, obwohl er auch einige gesehen hatte, mit denen sie zu weit gegangen waren, um sie zu retten.

Er konnte es nicht ertragen, wenn Goran für ihn verloren gewesen wäre.

Anđelko erkannte nun die Tiefe ihrer Gefühle.

Ich hoffte nur, dass es nicht zu spät war.

Er könnte nicht mit sich selbst leben, wenn Goran sterben würde, denn wenn er sterben würde, würde er, Anđelko, auch sterben.

Du musst leben!

# ACHTE TEIL
# GORAN

# KAPITEL XXXIX

Stjepan holte ein letztes Mal zittrig Luft, ließ es langsam heraus und wischte sich mit den Fingerspitzen über die Wangen.

Katarina entfernte den Schal, der in ihr Oberteil gesteckt war, und wischte sanft ihren anfänglichen Schmerz weg.

Er lächelte sie an, erfreut über die Intimität der Geste.

Er streckte die Hand aus, um zum ersten Mal über ihre Haare zu streicheln. Die Strähnen schimmerten, als sie durch seine Finger glitten.

Er schnappte sich eine Handvoll und warf sie vorsichtig in den Wind, dann brachte er seine Lippen beim ersten Mal hart und mächtig an ihre.

Ihre ganze aufgestaute Leidenschaft kommunizierte mit ihren weichen, stirnrunzelnden Lippen.

Es war alles eine männliche Befriedigung für das leise Stöhnen, das in seiner Umarmung in seinem Hals ausstrahlte.

Ihr Körper begann sich an ihren anzupassen, als Wladimir anfing, Aufmerksamkeit zu erregen.

Stjepan sah auf und sah die tanzende Belustigung in Wladimir 'Augen.

Er zuckte mit den Schultern.

Er bereute es nicht.

Besonders wenn Katarina ihn mit solcher Verehrung atemlos ansah.

Er fühlte sich zum ersten Mal seit langer Zeit wieder lebendig.

Von seinem Standpunkt aus konnte er sehen, wie Helena und Gabrijel das Paar anlächelten, als sie aus der Küche zurückkehrten und die leckere Suppe zum Servieren brachten.

Kristina hatte ihren Arm um Vladimir gelegt, ihr Kopf ruhte auf seiner Schulter.

Sie schien zufrieden zu sein.

Sie war die erste, die die Stille brach.

"Meine Herren Stjepan und Vladimir, es tut mir leid für Ihren Verlust. Der Verlust von Đurđa und der Verlust der dazwischen liegenden Jahre gemeinsamer Trauer und Freundschaft. Sie war wirklich schön, wenn ihr Porträt etwas ist, mit dem sie geschätzt werden kann. Große Unschuld und gleichzeitig , Unheil zeigte sich auf seinem Gesicht. Trotz all dessen, was passiert ist, wie kann jetzt etwas falsch sein? Und wir haben immer noch Zeit, um den Verlust zu trauern und darüber zu sprechen, was passiert ist. "

Kristina senkte ehrfürchtig den Kopf, um die Toten und die Trauer zu respektieren.

Vladimir zog sie näher an seine Seite.

"Meine Liebe, so sehr ich die Luft fühlen möchte, im Moment möchte ich dich nur festhalten. Du gehörst mir. Ich gehöre dir. Und dich zu suchen hat nur bestätigt, dass du mir für alle Ewigkeit gehörst. Stjepan, wenn du es ertragen kannst. Um noch eine Nacht zu warten, bevor wir versuchen, die Ereignisse von vor langer Zeit zu verstehen, würde ich es sehr schätzen. "

Vladimir war immer noch arrogant, aber Stjepan erkannte das Funkeln in seinen Augen.

Und er dachte darüber nach, seinen alten Freund ein bisschen zu ärgern, überlegte es sich aber besser.

Könnten Sie diese Bitte nach allem, was er durchgemacht hat, bitte ablehnen?

Nein, das konnte er nicht, zumal ein kleines Bündel in seinen Armen zappelte.

Sie befahl seine Aufmerksamkeit.

Sein gerötetes, umgedrehtes Gesicht, seine hellen Augen und sein zart rosa Amor-Mund fielen ihr ins Auge.

"Vladimir, deine Begeisterung zeigt dir, wie schelmisch du bist! Lass Gabrijel dich in dein Zimmer bringen. Und tauche in die Freuden ein; mir ist im Moment nichts wichtig. Ich würde gerne einen Drink mit Katarina teilen."

Diesmal, als er achtlos mit der Hand winkte, war es eine brüderliche Geste der Vergebung.

Vladimir beugte sich schnell in ihre Richtung und ging mit Kristina zur Tür, die zum Flur führte.

# KAPITEL XL

Als sie Hand in Hand durch die Tür gingen, machten sowohl Kristina als auch Vladimir eine Pause, um die Größe des Raumes zu würdigen.

Die Decke war gewölbt und hatte ein riesiges Fresko von leicht bekleideten Nymphen, die in einem kleinen Pool herumtollten, mit lächelnden Engeln, die Balalaikas klimperten.

Am höchsten Punkt fiel eine dünne Kette von der Decke in einen großen Kronleuchter, der mit etwa tausend Kerzen beleuchtet war.

Kristina bewunderte die glänzende Messingbasis, die jede Kerze aushöhlte und den Raum zum Leuchten brachte.

Die Verkleidung hatte eine dunkle Aschefarbe, die durch die abwechselnd gestreifte Damasttapete aus cremeweiß und kastanienbraun gelockert wurde.

An der Rückwand hing ein großes Wappen, das eine Bergkatze und einen Raben zeigte, die um die Vorherrschaft kämpften und die damals sehr angemessene Inschrift "Ehre unter Männern" trugen.

Alte Rüstungen, abgenutzt und ramponiert genug, nahmen in der großen Halle einen Ehrenplatz ein.

Kristina hörte nicht auf, Ooohs und Aaahs zu sagen, als sie die Treppe hinunterging und sich vor allem über ferne Schlachten und Ehre wunderte.

Gabrijel wartete dort geduldig auf sie.

Kristina fuhr mit der Hand über das Geländer, das zum Abstellgleis passte.

Er streichelte sein Satin-Finish mit den Fingern, als er hinter Gabrijel trat, um anzufangen.

Das Geländer hatte einen festen Griff, der mit zunehmender Höhe zunahm.

Als er aus dem Augenwinkel schaute, sah er, wie Vladimir tief Luft holte, als sein Blick auf ihrer Spaltung ruhte.

Sie stellte sich vor, er würde an andere Stellen denken, an denen ihre Hand einen festen Griff haben könnte.

Ein wissendes Lächeln krümmte seine Lippen, als Vladimir versuchte, seine Bewegungen zu beschleunigen, indem er eine ermutigende Hand unter seinen Ellbogen legte.

Aber sie ließ sich nicht täuschen.

Er beabsichtigte, seinen Anspruch korrekt, liebevoll und für lange Zeit wiederzugeben.

Um ihn ein wenig zu ärgern, blieb sie auf der Treppe stehen, um sich die Familienporträts anzusehen, die die mit Damast bedeckte Wand säumten.

Generationen von Markovics beobachteten sie von ihren Rahmen aus.

Alle mit eleganten, asketischen Zügen.

Er konnte sehen, woher Stjepan seinen Blick hatte.

Vladimir verweilte einen Moment, bevor er eine kichernde Kristina in seine Arme zog.

Sie konnte nicht mehr aufstehen! Dachte er dunkel.

Wenn ich es nicht bald habe ...

Gerade als das Paar den Balkon im zweiten Stock erreichte, schlug die Haustür auf.

Als sie nach unten schauten, sahen sie, wie Anđelko Goran in ihren Armen wiegte.

Sie waren beide blass und Goran sah tot aus.

Anđelko, Tränen liefen über ihre Wangen, sah Vladimir hilflos an, als sie mit ihrer kostbaren Ladung niederkniete.

Die Tür wurde weiterhin von den wirbelnden Winden geworfen und wiederholte ihr Grollen gegen das Innere.

Regen kam herein und tränkte den Eingang, während die Blätter makabrisch tanzten, als ob sie sich über Gorans Schicksal freuten.

Darija und Roko schnappten nach Luft und beobachteten die gefallenen Gestalten.

Stjepan, Katarina und Helena rannten aus dem Esszimmer.

Mit erbärmlich verängstigten Augen sah Anđelko sie alle an und sagte:

"Hilf mir!"

Seine Worte lösten die erschrockene Trance aus, die alle durchgemacht hatten.

Beide Vampire rannten zu Anđelko.

Gabrijel schloss die Tür und Helena rannte auf der Suche nach Bandagen und der Herstellung eines Umschlags.

Katarina ging nach oben zu Kristina, die auf der Suche nach Decken in ein Zimmer gerannt war.

Sie packten den bewusstlosen Goran sanft an Anđelkos schlaffen Fingern und führten ihn schnell ins Esszimmer.

Mit einer nachlässigen Bewegung fegte Stjepan den Tisch mit Gläsern, Tellern, Besteck, Blumenschalen und allem, was ihm sonst noch im Weg stand.

Helena bildete ein Team mit ihm, als sie die medizinischen Vorräte auf den Tisch stellte und zum Besen rannte.

Sanft und sehr sanft legten die Vampire Goran auf den Tisch.

Vladimir untersuchte die Wunde und sah Anđelko traurig an.

Der Schaden, den der Schlag verursacht hatte, war groß und er wusste nicht, ob er Goran retten könnte.

Anđelko sah benommen zu, wie Vladimir seine Erkundung fortsetzte und nach anderen versteckten Wunden suchte.

Ein leises Zischen entkam Gorans Lippen, als Vladimir mit den Fingern über seine Rippen fuhr.

Vladimir riss an seinem Hemd und alle sahen die dunkle Masse neben sich, die auf mindestens eine gebrochene Rippe hinwies.

Anđelko bestrafte sich innerlich dafür, dass sie in der Scheune nachlässig war.

"Mein Freund, mein lieber süßer Freund. Ich weiß nicht, ob wir Goran helfen können, aber um deinetwillen werde ich mein Bestes geben. Es ist nicht weniger als das, was du für mich tun würdest."

Wladimir's Augen wurden von seinem kürzlich erlernten Wissen über Gorans Verletzungen heimgesucht.

"Ich möchte, dass du mit Katarina ins Arbeitszimmer gehst, um etwas zu trinken. Das musst du nicht sehen. Und nimm bitte Kristina mit."

"Vladimir! Meine Heilkünste können hilfreich sein. Ich bleibe."

Kristina warf ihm einen dunklen Blick zu, der keinen Streit zuließ.

Er riss bereits ein Blatt auf, um es als Wickel für Gorans Wunden und eines für den kommenden Umschlag zu verwenden.

Ihre Effizienz und ihre selbstbewussten Bewegungen waren es, die Vladimir entschieden hatten, dass sie wirklich blieb.

# KAPITEL XLI

Katarina führte einen widerstrebenden Anđelko in die Bibliothek.

Sie schob ihn sanft in einen der eingebauten Stühle und brachte ihm schnell einen Schluck Brandy.

Sie drückte das Glas an seine Lippen und zwang ihn, seinen Kopf nach hinten zu neigen, um an der Flüssigkeit zu nippen.

Farbe bedeckte langsam ihre Wangen und ihre Atmung verlangsamte sich, als sie trank.

Als er fertig war, schenkte Katarina ihm ein weiteres Glas ein, stellte es aber neben seinen Ellbogen auf den kleinen Tisch.

Dann nahm er jede ihrer Hände einzeln und rieb sie zwischen ihren, kämpfte gegen die Überreste der Kälte, um seinen Kreislauf wiederherzustellen.

Sein Geschwätz hörte auf und seine Lippen waren nicht mehr so schrecklich blau.

Er forderte seinen Vater auf, das Feuer zu schüren und eine trockene Hose und ein trockenes Hemd für Anđelko zu finden.

Bald erwärmte ein fröhliches Leuchten den Raum.

"Danke, Frau Katarina, für Ihre Freundlichkeit gegenüber einem alten Mann wie mir. Ich bin Ihnen zu Dank verpflichtet."

Anđelkos Rede war leise und gezwungen.

"Sie sagen unsinnige Dinge. Ich war nur freundlich. Sie haben keine Schulden gegenüber mir, Sir. Eines Tages werden Sie freundlich zu einem Fremden sein und das wird meine Belohnung sein. Und dies wird wiederum freundlich zu einem anderen sein."

Katarinas musikalische Stimme war engelhaft gegen das Knistern des Feuers.

"Wenn du kannst, ruhe deine Augen aus. Du hast keine Kraft mehr. Feuchtigkeit sickert in deine Knochen, wenn du dich nicht abtrocknest. Wenn es dir nichts ausmacht, gehe ich für ein paar Momente raus und schließe die Türen, damit du dich umziehen kannst."

Ohne die Augen zu öffnen, nickte Anđelko.

Ich war müde.

Die schreckliche Entdeckung, Goran so still zu sehen, hallte immer noch in seinem Kopf wider.

Für einen so überzeugten Mann hatten die Wunden seiner jungen Liebe ihn gelöst.

In leisem Flüstern fühlte sie, anstatt Katarina gehen zu sehen und die Türen hinter sich sanft zu schließen.

Sofort griff er nach dem Glas und schluckte den Inhalt in einem Zug.

Da er damit nicht zufrieden war, nahm er den Krug und schenkte ein weiteres Glas ein, das er auf den Tisch stellte.

Er zog seine durchnässte Kleidung aus und zog schnell seine geliehene Kleidung an.

Er fühlte sich schmutzig und beschämt, dass er so unvorbereitet erwischt worden war, und warf seine blutbedeckte Kleidung ins Feuer.

Sie sah zu, wie sie brannte, als er vor dem Feuer saß, um sich zu wärmen, und dachte über die Wendung der Ereignisse nach.

Er schaute auch auf das neue Brandyglas.

Seine Augen fingen an, nicht nur vom Schock und vom Nichtessen, sondern auch vom Trinken zu glasieren.

Er starrte immer noch auf das Feuer, als Katarina zurückkam.

Er wusste, dass sie es ihm sagen würde, wenn es Neuigkeiten gäbe.

Ihr trauriger Ausdruck sprach zu ihrem Herzen, als sie ein Tablett mit Obst und Käse trug, das sie in Reichweite von Anđelko stellte.

Er konnte nicht essen.

Konnte nicht sprechen.

Ich konnte nicht genug atmen.

Sie saßen in angespannter Stille zusammen, als das Ticken der Uhr und das Feuer die einzigen Geräusche waren, die im Raum hallten.

Entschlossen hob Katarina ihren schweren Stuhl und begann, Anđelkos feuchtes Haar zu bürsten.

Erschrocken sah er über die Schulter zu dieser jungen Frau, die so verzweifelt war, ihm Erleichterung zu bieten.

Er nickte einmal dankbar und war zu erstickt, um es verbal zu sagen.

Katarina begann Lieder aus ihren Dörfern zu summen, als sie mit Pinsel und Fingern durch ihre blonden Locken fuhr.

Anđelko war so gebrochen und immer noch so schuldbewusst, dass sie es nicht bemerkte, als sie sich an ihren äußeren Oberschenkel lehnte.

Katarina sah keinen Grund, dies zu korrigieren, als sie geduldig an der Bürste arbeitete.

So fand Stjepan sie eine Stunde später.

Seine langsamen, gemessenen Schritte überwanden Anđelkos Geist der Niederlage.

Er stand auf, rannte zum Vampir und packte ihn fest an den Schultern.

Stjepan schaute einfach auf Anđelkos Hände und Anđelko ließ sie nutzlos auf ihre Seite fallen.

Er hatte das Flackern der Warnung in Stjepans Augen gesehen, und er hatte nicht die Absicht, ihn im geringsten zu missachten.

Sie wartete gespannt darauf, was Stjepan zu sagen hatte, ebenso wie die ebenso besorgte Katarina, die an ihre Seite trat und eine beruhigende Hand auf ihren oberen Rücken legte.

In dieser anstrengenden Stunde war alles Anstand zwischen ihnen geflohen.

Stjepan seufzte.

"Anđelko ..."

# KAPITEL XLII

Wladimir und Stjepan wurden zu hektischen Wirbelstürmen, nachdem Anđelko gegangen war.

Obwohl Anđelko wusste und respektierte, was sie waren, hatten sie keine Ahnung, wie sie sich fühlen würde, wenn sie Zeuge ihrer Versuche wäre, Gorans Leben zu retten.

Mit Empathie verbanden sich die beiden Vampire nahtlos.

"Vladimir, ich werde mein Blut für Goran anbieten. Deine Hände sind anderswo beschäftigt."

"Stjepan ... hat den Beginn einer Lungeninfektion. Und sie fühlt sich in der letzten Stunde schlechter. Ich weiß nicht, wie weit sie sein könnte."

"Mein Freund, wir werden unser Bestes geben. Nicht mehr. Nicht weniger." Stjepan war in seiner Aussage sehr positiv.

Vladimir war stolz darauf, Stjepan zu dieser Zeit wieder als Freund zu bezeichnen.

Alle anhaltenden Zweifel an dem Konflikt zwischen ihnen wurden durch ihre Hilfsbereitschaft zerstreut.

"Danke, mein Freund Stjepan. Wie ich dich vermisst habe!"

Stjepan verneigte sich sanft.

Sie hatte nicht bemerkt, dass ein Teil ihrer Trauer auf den Verlust von Vladimir als Partner zurückzuführen war.

Etwas, das er jetzt um jeden Preis korrigieren würde, schwor er.

Vladimir, der seine Gedanken las, nickte nur; Zu diesem Zeitpunkt war er mehr besorgt über eine Lungenpunktion und eine mögliche Infektion als über die Kopfverletzung und legte seine Hände auf diese Stelle, um zu sehen, ob er eine innere Verletzung fühlen konnte.

Stjepan biss sich auf das Handgelenk, wodurch sich sofort eine rote Flüssigkeitslinie bildete.

Er legte es sanft gegen Gorans Mund und hob seine andere Hand, um seinen Kiefer zu senken, so dass sich die möglicherweise rettende Flüssigkeit in seinem Mund sammelte.

Sobald sein Mund teilweise voll war, schloss Stjepan ihn und begann sanft mit seinen Fingern gegen Gorans Hals zu streicheln, um zu sehen, ob er die Flüssigkeit schlucken würde.

Er wollte den Kopf des Mannes nicht zurückdrücken, nicht wegen seiner Kopfverletzung.

Sobald sich das Verfahren als etwas erfolgreich herausstellte, wiederholte er den Vorgang.

Goran erlangte nie wieder das Bewusstsein, aber die Muskeln in seinem Hals arbeiteten und zwangen das heilende Blut zum Schlucken.

Schließlich versiegelte Stjepan sein Handgelenk und trat einen Schritt zurück.

Kristina war mit Gorans Kopfverletzung beschäftigt gewesen.

Er hatte Helena gebeten, ihm Mörser und Pistill zu bringen, und den Kräuterumschlag entfernt, der an seinem Gürtel hing.

Er legte Schafgarbe in den Mörser und mahlte sie zu einem sehr feinen Pulver, das er dann auf seine offene Wunde streute.

Er wickelte sanft ihren Kopf ein und ließ ihn so wie er war.

Ich musste es häufig überprüfen und nach Bedarf mehr Schafgarbe hinzufügen, aber ich wollte nicht zu viel tun.

Dabei ließ er Helena die Eisenkraut- und Beinwellwurzel in getrennten Töpfen kochen.

Die Eisenkraut würde einen bitteren Tee machen, aber es war hervorragend bei der Vorbeugung von Blutinfektionen.

Und der Beinwell würde zu einer Leinölpaste verarbeitet, die wie ein Umschlag, der häufig gewechselt und fest eingewickelt werden musste, auf Gorans Seite aufgetragen würde.

So sehr sie sowohl an Vladimir als auch an Stjepan und ihre Fähigkeiten glaubte, wusste sie um die Kraft dieser Kräuter, hatte sie in der Vergangenheit wirken sehen und fühlte, dass sie für ihren Versuch, Goran zu retten, von gleicher Bedeutung waren.

Außerdem, was würde sie daran hindern?

Alles, was getan werden konnte, um Gorans Leiden zu lindern, musste gut sein, oder?

Sie dachte über all das nach, als Helena vorsichtig den eingeweichten Tee herausholte.

Und er dachte weiter darüber nach, wie ehrenwert es war, zu versuchen, das Leben eines Mannes zu retten.

Seine jüngsten Erfahrungen im Dorf waren auf seine Heilung beschränkt.

Und dann waren es nur die Frauen, die sich widerstrebend und heimlich an sie gewandt hatten.

Sie würden nicht wollen, dass ihre Männer dachten, sie würden sich mit einer verrufenen Frau verbinden.

Keiner der Männer sah sie an oder sprach nach Stankovs verabscheuungswürdigen Gerüchten mit ihr.

Sie war verleumdet worden, weil sie Andrej in Erinnerung geblieben war.

Wie seltsam das Leben den Kreis schloss.

Stankov verlor für immer wegen seines Bösen und sie fand Glück für immer wegen seiner Güte.

Sie schüttelte den Kopf, um diese Gedanken zu klären und kehrte zu der herzzerreißenden Szene vor ihr zurück.

"Stjepan, bitte komm und nimm meinen Platz auf Gorans Kopf ein. Steck ihn sanft in deinen Schoß. Ja, du musst wie ich über den Tisch kriechen! Hör auf, dir Sorgen zu machen!"

Kristina kannte seine Gedanken perfekt, als sie auf seinem Gesicht erschienen.

Tatsächlich fing er das Lachen und das überraschte Lächeln auf Katarinas Gesicht auf, als sie mit einem Tablett herbeigeeilt war.

Schließlich konnte er mit Stjepan Goran den Eisenkraut-Tee geben.

Langsam und stetig brachte sie den Löffel wiederholt an ihre Lippen, goss die Flüssigkeit aus und streichelte, genau wie sie Stjepan gesehen hatte, ihre Kehle.

Ihre Muskeln arbeiten weiterhin krampfhaft, um die Flüssigkeit aufzunehmen.

Sobald sie das Gefühl hatte, dass er genug getrunken hatte, stellte sie die Teetasse beiseite.

Während sie das getan hatte, hatte Vladimir die breiige, zerkleinerte Beinwellwurzel genommen und sie auf die wachsenden Blutergüsse auf Gorans Seite aufgetragen.

Er und Stjepan legten einen dicken Umhang über ihre Haut und banden sie zusammen an Gorans Seite.

Goran knurrte bei seinen Bemühungen tief in seiner Kehle, aber er blieb bewusstlos.

Unruhige Bewegungen seiner Hände beim Versuch, an seinen Bindungen zu kratzen, veranlassten die Vampire, ihn in einen Raum im Obergeschoss zu tragen, nachdem seine anfänglichen Verletzungen beobachtet worden waren.

Sie legten ihn auf eine weiche Bettdecke und als er unruhig war und unwissentlich an seinen Bindungen kratzte, benutzten sie weiche Fesseln, um seine Hände unten zu halten.

Helena wurde angewiesen, vorerst bei Goran zu bleiben und begann methodisch, kalte Kompressen auf Stirn und Gesicht aufzutragen.

Die beiden Vampire kehrten dann nach unten zurück.

Helena hielt nicht nur Wache, sondern murmelte auch Gebete über ihren scheinbar leblosen Körper, da Stjepan keinen Priester fordern würde.

Andererseits würde weder ein Priester die Schwelle überschreiten, wenn er eingeladen würde, noch wurde Stjepans Praxis seiner dunklen Künste und mythischen Kräfte befürchtet.

Sie hatte das Gefühl, dass die letzten Bestattungsriten, wenn auch nur für sie, in Anspruch genommen werden müssen, falls Gorans Seele zum Tode verurteilt ist.

So blasphemisch sie sich gerade fühlte, es wäre blasphemischer für sie, wenn er es nicht tat.

Er tauchte sogar seine Finger in die Wasserschale, um das Zeichen des Kreuzes auf seine heiße Stirn, auf seine Lippen, auf sein Herz zu legen.

Und sie streichelte endlos ihren Rosenkranz, während sie ihre Pflegedienste leistete.

# KAPITEL XLIII

Als sie zuerst im Speisesaal anhielten, sahen sie, dass Kristina und Gabrijel etwas putzten.

Die Tischdecke war ruiniert, aber Stjepan hatte keine Sekunde Zeit, darüber nachzudenken.

Sie hatte ihren Zorn überwunden und arbeitete daran, ihre Beziehung zu Vladimir zu verbessern, und wenn es ein Mittel dazu wäre, Goran und Anđelko zu helfen, würde sie alles tun, was nötig war.

Kristina wickelte ihre wertvollen Kräuter weiter ein, während Stjepan Vladimir zum Buffettisch und zur Flasche Wein führte, um das zu konsumieren, was sie vor Stjepans früherer Zerstörung hatte entkommen können.

Er lehnte sich an Wladimir's Ohr und sprach leise.

"Mein Freund, ich weiß nicht, ob der Junge gerettet werden kann. Selbst nach dem Blut meines Lebens und Kristinas Kräutern ist er immer noch so blass. Es ist gut, dass er kämpft, aber wird es zu viel für ihn sein?"

"Ich weiß nicht, Stjepan. Die einzig mögliche Lösung wäre, ihn zu einem von uns zu machen. Aber wir haben seine Zustimmung nicht und im Moment ist er zu schwach, um sie ihm zu geben. Um einer von uns zu werden, ist der Prozess sicherlich einfacher Zustimmung vereinbart. Das Risiko, nicht um Ihre Erlaubnis zu bitten, kann das mögliche Gute überwiegen, das wir tun könnten. Das wissen Sie! "

Wladimir war energisch und nachdrücklich in seiner Lieferung.

"Ein unwilliger Mann ist ein sterblicher Mann. Sehen Sie sich Stankov und sein Verhalten und seinen Tod an. Würden Sie diesen charmanten jungen Mann gegen ein so instabiles Wesen eintauschen, das den Tod riskiert? Er würde es nicht tun. Nicht ohne mehr darüber nachzudenken. Vielleicht sollten wir ihn einbeziehen. Anđelko in dieser Diskussion Immerhin sind sie Liebhaber. "

Vladimir seufzte tief, als er das sagte.

Ich würde diese Entscheidung nicht treffen, ohne zumindest Anđelko zu konsultieren.

"Sehr gut, Vladimir. Wir werden Anđelko in diese Diskussion einbeziehen. Wie Sie sagen, sie sind Liebhaber."

Stjepan drehte sich um und wollte gehen, als er eine Hand auf seinem Arm spürte.

Er sah Kristina besorgt in die Augen und seufzte wie Vladimir.

"Meine liebe Kristina, wir haben keine Wahl. Wenn Goran die Nacht überlebt, kann er sich glücklich schätzen, noch einen Tag auf der Erdoberfläche zu haben. Aber wir können nichts versprechen. Vladimirs Untersuchung ergab, dass er verfassungsrechtlich nicht von Anfang an war. Ich hatte bereits vor diesen Verletzungen die Anfänge einer Lungenentzündung in der Lunge. Wir geben unser Bestes. Das war's. "

Kristina spürte, wie sich Tränen in ihren Augen bildeten, aber sie weigerte sich, sie überlaufen zu lassen.

Er musste stark für Anđelko sein.

Anđelko, die gekommen war, um ihr viel zu bedeuten.

Wenn sie dies jetzt in ihrer Not nicht tun könnte, welche Art von Freundin wäre sie dann wirklich?

Dann wurden ihre smaragdgrünen Augen heller mit diesen unvergossenen Tränen, ihre Wirbelsäule glättete sich mit ihrer Entschlossenheit und sie lockerte ihren Griff um Stjepans Arm, so dass er Anđelko bitten konnte, zu kommen.

Vladimir war beeindruckt von ihrem stolzen, aber ruhigen Auftreten und ihrer rücksichtslosen Kontrolle.

Er gab ihr einen sanften Kuss auf die Stirn, um sie wissen zu lassen, dass er mit ihrer Nachdenklichkeit zufrieden war.

# KAPITEL XLIV

Anđelko taumelte unter dem Gewicht von Stjepans Blick, dem Alkohol, den sie konsumiert hatte, und ihrer eigenen Angst.

Er war neugierig auf Gorans Schicksal, wollte aber nicht die Hauptlast der Konsequenzen tragen.

Es war mein Fehler!

Ich war nicht vorsichtig genug, ich war nicht mutig genug und ich liebte ihn nicht genug!

Anđelko stöhnte in ihrer Seele.

Er konnte immer noch nicht sprechen.

Seine tränenden Augen versuchten sich auf Stjepan zu konzentrieren.

Er versuchte es so sehr und konnte es nicht.

Schließlich wurde die Last zu groß.

Er ließ sich auf die Knie fallen und legte sich vor Schmerzen nieder.

Weder Stjepan noch Katarina konnten seine Seele erreichen.

Ihre Schultern rutschten achtlos von ihren Händen, als Anđelko sich zwang, zu Boden zu fallen.

Langsam spürte Anđelko, wie alle ihre internen Systeme heruntergefahren wurden.

Sein Verstand, sein Herz, seine Seele.

Mit ungläubigem Gesichtsausdruck sah Stjepan zu, wie Anđelko versuchte zu sterben, weil er glaubte, Goran sei bereits verstorben.

Katarina schrie lange und laut, die Echos hallten endlos im Raum wider.

Stjepan versuchte erfolglos, Anđelko aus ihrer Niederwerfung zu bringen.

Er versuchte, seinen Blick mit dem von Anđelko zu verschmelzen, aber Anđelko war leer.

Sein Geist zieht sich bereits zurück.

Eine Dunkelheit, die selbst für Stjepan so undurchdringlich war, als er seine Gedanken suchte.

In seiner Frustration versuchte Stjepan Anđelko zu schütteln, aber er war eine Stoffpuppe, schlaff in ihren Armen.

So haben Vladimir und Kristina sie gefunden.

Vladimir schnappte sich den katatonischen Anđelko und versuchte es auch.

In ihrem dunklen Brunnen kam nichts zu Anđelko.

Er fühlte sich dort sicher.

Das war alles.

Er erinnerte sich nicht, warum er in der wirbelnden Dunkelheit war, aber es war beruhigend.

Fast als ob es schweben würde, herrschte Ruhe.

Je mehr er Geräusche hörte, desto mehr zog er sich zurück, als er immer weiter verblasste.

Er wusste genug, um sich zu verstecken.

Die Stimmen und Geräusche brachten Schmerzen und er wollte kein Teil davon sein.

Tiefer und tiefer in die Tiefen seines Geistes stürzte er sich, bis die Geräusche nicht mehr waren.

Dann herrschte völlige Stille.

# NEUNTE TEIL
## LUCIJA

# KAPITEL XLV

Zwischen den beiden Vampiren führten sie den katatonischen Anđelko die Treppe zu Gorans Zimmer hinauf.

Seine Argumentation war, dass Anđelko vielleicht Gorans lebendige Präsenz spüren würde.

Es war einen Versuch wert.

Keine seiner anderen Aktionen hatte sich als erfolgreich erwiesen.

Wladimir zog besorgt die Augenbrauen zusammen und seine Blässe war deutlicher als gewöhnlich.

Sie waren alle düster und still, als sie die beiden Männer ansahen, also immer noch in ihrem gemeinsamen Bett.

Bewegungslos.

Kaum Anzeichen von Atmung zeigen.

Die Spannung war groß, die Angst spiegelte sich in den Augen aller Anwesenden wider.

"Vladimir, ich könnte noch etwas versuchen." Sagte Kristina leise. "Wenn wir Blutegel für eine Sangria finden könnten, könnte das vielleicht helfen."

"Meine liebe, süße Kristina. Ich weiß, dass Sie nicht viel darüber wissen, was es bedeutet, ein Vampir im wahrsten Sinne des Wortes zu sein, aber Stjepans Blut sollte Goran helfen. Und Anđelko! Mein Gott, wie komme ich zu ihm? ? Ich muss nachdenken!"

Vladimir hatte angefangen leise zu sprechen, aber seine Stimme wurde am Ende seiner Rede lauter.

"Was für ein Gott würde das tun?"

Damit verließ er den Raum, ohne sich umzusehen.

Kristina war niedergeschlagen.

Sie zitterte an der Art und Weise, wie Vladimir gerade mit ihr gesprochen hatte und an ihrem mangelnden Glauben.

Er berührte das kleine goldene Kreuz, das sich um seinen Hals drehte.

Ihre Lippen zitterten, ihr Körper zuckte mit einem unterdrückten Gefühl.

Ihre Gefühle flossen von allem, was passiert war, und Tränen kehrten in ihre Augen zurück.

Alle anderen fühlten sich unwohl mit der Entmutigung, mit der Vladimir unwissentlich gesprochen hatte.

Katarina ging zu ihrer neuen Freundin, um einen beruhigenden Arm um ihre Schulter zu legen.

Kristinas Gesicht zeigte einen solchen Ausdruck von Schmerz.

Sie zuckte fahrlässig die Achseln und verließ leise den Raum.

Katarina wandte sich in diesem Moment an Stjepan.

"Stjepan, sag ihm einen Sinn. Jetzt! Seine entmutigten Worte werden eine weitere Verschlechterung um ihn herum verursachen, einschließlich seiner Beziehung zu Kristina. Er kann nicht auseinander fallen. Es ist notwendig. Es gibt viel zu tun."

Damit entließ sie ihn aus ihren Gedanken, als sie ins Bett ging, um ihrer Mutter zu helfen, sich um die beiden Invaliden zu kümmern.

Und mit der sanftesten Liebkosung machte sie Gorans Stirn weich, die sich immer noch so warm anfühlte.

Helena hatte mit Hilfe von Gabrijel Anđelkos Kleidung ausgezogen, damit er sich wohler fühlte.

Es bewegte sich überhaupt nicht.

Es blinzelte nicht.

Ich starrte nur blind an die Decke.

Helena bekreuzigte sich weiter und betete für beide.

# KAPITEL XLVI

Stjepan ging durch das Haus und suchte nach Wladimir.

Angesichts der leisen Musik aus der Ferne wusste er, wo er sie finden konnte.

Er bewegte sich in Richtung des kleinen Musikkonservatoriums, in dem Vladimir auf dem wunderschön gepflegten Cembalo spielte.

Stjepan blieb am Eingang mit einem kleinen Lächeln auf den Lippen stehen und erinnerte sich daran, dass Vladimir immer exzellent und verstört gespielt hatte, mit einer Intensität, die den besten Komponisten Konkurrenz machte.

Die Melodie war dunkel, heimgesucht und erfüllte den Raum mit seiner Aufregung.

Noten hallten durch die Luft, als er das Instrument unerbittlich manipulierte, um Geräusche zu erzeugen, die dem Weinen ähnelten.

Nachdem Stjepan einige Minuten lang seinen trauernden Freund beobachtet hatte, betrat er den Raum.

"Vladimir! Du musst damit aufhören! Sprich mit mir. Hilf mir, einen Weg zu finden, Anđelko und Goran zurückzubringen."

Stjepan war geduldig, als er sich dem Mann näherte.

Wladimir hörte nicht sofort auf.

Er schuf Crescendo nach Crescendo der pochenden Komposition, bis er mit einem Schauder fertig war.

Sie ließ Hände und Stirn auf die Schlüssel fallen und schnappte nach Luft.

"Hier. Haben Sie den Wein, den ich Ihnen gebracht habe. Vielleicht beruhigt er Ihre Nerven ein bisschen."

Stjepan schob das Glas zu Vladimir, der es nahm und einen Moment gierig trank, bevor er es wieder in Stjepans Hand legte.

"Stjepan, danke. Aber ich brauche einen klaren Kopf."

Vladimir wischte sich die Stirn und sah seinen Freund an, dessen Gesichtszüge schwach waren.

"Warum, Stjepan? Warum passiert das? Wenn ich Kristina nicht so gewollt hätte, wäre nichts davon passiert! Es war ihr Schmerz, der mich anfangs anrief, aber wie konnte ich jemanden wie sie passieren lassen? Sie ist mein Herz! Sie ist meine Seele! Und wenn ich sie nicht gerettet hätte, wer weiß, welches Schicksal sie durch Stankov getroffen hätte? Aber um welchen Preis? Anđelko ist jetzt für mich verloren Gorans Wunde, ist er dem Tod nahe? Und ich bin völlig machtlos! "

Wladimir ließ die Stirn in die Hände fallen und begann zu jammern.

"Mein Freund, ich bin nicht die richtige Person, um nach deinen Schmerzen zu fragen. Aber ich bin für dich da und auch für Kristina, genau wie die anderen."

Stjepan umarmte Vladimir, als er neben sich auf die Bank rutschte.

"Vladimir, bitte versuchen Sie, sich zurückzubekommen. Wir müssen das gemeinsam herausfinden. Sie müssen helfen! Oder es könnte alles verloren gehen! Komm, lass uns Kristina für dich treffen. Sie war sehr verletzt von deinem Umgang mit ihr."

"Ich wollte sie nicht verletzen, Stjepan. Ich würde mich ohne sie verlieren." Sagte Vladimir mit leiser, gequälter Stimme.

Die Liebe, die er für sie empfand, zeigte sich in seinen Worten.

"Dann lass uns mit ihr gehen."

Stjepan stand entschlossen auf und wartete darauf, dass Wladimir dasselbe tat.

# KAPITEL XLVII

Sie verließen den Musikkonservatorium und kehrten in den Raum zurück, weil sie dachten, Kristina würde dort sein.

Aber sie war es nicht.

Nach einem kurzen Gespräch mit der betroffenen Katarina und Helena erfuhren sie, dass sie nicht zurückgekehrt war.

Also benutzten sie ihre Sinne, um nach seiner Anwesenheit im Haus zu suchen.

Keiner von ihr blieb in der Luft.

Besorgt durchsuchten sie das Gelände, immer noch nichts.

Die kühle, feuchte Brise und der anhaltende Regen hatten die Düfte zerstreut.

Zumindest gab es keinen Donner oder Sturm mehr.

Vladimir rief Darija und Roko an, aber die Hunde tauchten nicht auf.

Vladimir wurde zunehmend alarmiert, und sein hektisches Tempo trug nichts dazu bei, seine Anspannung zu lindern.

Sie verbreiteten sich immer mehr und suchten.

Stjepan überprüfte die Rückseite des Herrenhauses am Rande der Klippen, und Vladimir war in die Scheune gegangen, um zu sehen, ob Kristina dort war.

Sein Überraschungsschrei erreichte Stjepan, der sofort an seine Seite trat.

Als Vladimir nur ein Pferd sah, wusste er, dass es weg war.

Sein Unglaube war in sein Gesicht eingraviert und sein Zorn drohte überzulaufen.

"Wie kannst du es wagen zu gehen? Wenn ich das freche in die Hände bekomme ..."

"Nimm es leicht, mein Freund". Stjepan beruhigte ihn, als sie sich umsahen.

Im Stillen schwelgte sie darin, trotz ihrer ungelösten Probleme und aktuellen Bedenken wieder mit Wladimir sprechen zu können.

"Einfach. Die Hunde müssen bei ihr sein. Nun, wohin würde sie mitten in der Nacht gehen?"

Er blieb stehen, um die Situation aus allen Blickwinkeln zu betrachten.

"Ah. Ich habe es. Er will dir das Gegenteil beweisen, Vladimir. Er hat nach Blutegeln gesucht!" Stjepan klang etwas übermütig, als er das sagte.

Es machte für ihn vollkommen Sinn.

Das Paar war vor kurzem verliebt und suchte immer noch nach Gleichgewicht innerhalb der Beziehung.

Bei ihren Bemühungen würden sie einige Rückschläge erleiden, die sich mit diesen Gefühlen befassten.

Er nickte weise, weil er wusste, dass dasselbe für ihn und Katarina früh genug passieren würde.

Er gluckste und erinnerte sich daran, wie sie ihn früher gefeuert hatte, um ihr Angebot zu machen.

Oh, er wartete auf die Herausforderungen, die sie ihm jetzt stellen würde.

Aber er wurde sofort ernst mit dem herausfordernden Blick, den Vladimir jetzt hatte.

"Stjepan, Kristina ist nicht beschützt, so sehr sie Darija und Roko vertraut. Alles könnte mit ihr passieren! Ich muss sie finden! Oh diese Frau! Sie wird die wahre Bedeutung meiner Worte darüber erfahren, was es bedeutet, zu mir zu gehören. Ich verspreche es dir. ! "

Wladimir war großartig in seiner Wut.

Ihre Augenbrauen hoben sich, ihre Gesichtszüge waren stumpf, ihre dünnen Lippen und leidenschaftlichen Augen.

Er flog ohne zu zögern und wollte das Feld nach seiner Liebe absuchen.

Er fand Stjepan an seiner Seite.

# KAPITEL XLVIII

Er ist ein unmöglicher Mann! Dachte Kristina, als sie schnell davonritt, die Hunde neben ihrem Pferd.

Sie würden nicht bleiben und sie konnte nicht mit ihnen streiten, obwohl sie ihre Gesellschaft in dieser wolkigen Nacht tatsächlich begrüßte.

Er kehrte mit dem kleinen Teich, der der Ort seiner Gefangennahme gewesen war, zur Lichtung zurück, weil er wusste, dass er dort Blutegel finden würde.

Nur sie wusste es!

Und dann würde sie Vladimir zeigen, was sie tun könnten!

Mit ungezügelter Empörung am ganzen Körper spornte er das Pferd an.

Schlamm stieg mit der von ihm festgelegten Geschwindigkeit hinter ihnen auf und verbrauchte schnell die kilometerlange Entfernung.

# KAPITEL XLIX

Anđelko bewegte sich langsam durch ihre Dunkelheit, musterte sie und genoss sie.

Er sehnte sich nach der Einsamkeit, der Wärme, in die er gehüllt war.

Das Fehlen von Licht machte ihm keine Angst, es begrüßte ihn.

Er badete sie in seiner Umarmung.

Er beschützte sie.

Was war das

Anđelko spürte etwas, etwas Undefinierbares, das in ihren Kokon eindrang.

Er drehte sich um und sah in die Dunkelheit, konnte aber nicht finden, wonach er suchte.

Trotzdem war er nervös.

Was für eine Situation erlebte er?

Er drehte sich weiter in Raserei.

Langsam hörte er schwache Schritte auf sich zukommen, aber er konnte nicht sagen, aus welcher Richtung sie kamen.

All dies begann ihn immer wahnsinniger zu machen.

Dort!

Ein flackerndes Leuchten!

Je näher er kam, desto stabiler wurde er, bis er endlich einen vagen Umriss erkennen konnte.

Der Umriss verfestigte sich, je näher das Ding ihm kam.

Mit ihrer noch unbestimmten Form stellte Anđelko fest, dass sie nirgendwo hingehen und sich in ihrer Dunkelheit verstecken konnte.

Was einst nur für ihn eine große Einheit gewesen war, war in einen langen Tunnel geschrumpft und sein Rücken war gegen die Wand gelehnt.

Er konnte sich nicht bewegen, er war gelähmt von der nahenden Erscheinung.

Seine Augen wurden geöffnet!

Sein Herzschlag beschleunigte sich.

Oh mein Gott!

Er dachte.

Lucija!

Was macht sie hier?

Er kauerte nicht mehr an der Wand, sondern trat näher an sie heran.

Bis auf die Knochen erschüttert beobachtete er, wie sie sich näherte.

Sie sah aus, wie sie im Leben vor dem Fieber aussah.

Wie war das möglich?

Es war vor ihren Augen verdorrt.

Seine Robustheit und Lebenslust waren in diesen schrecklichen Tagen vor seinem Tod in seinem Körper zurückgegangen.

Sie starb an Schmerzen und als faltige alte Frau.

Anđelko trank jetzt ihre ätherische Schönheit.

Er bewegte sich, um sie zu berühren und seine Hand schwebte über ihrem Arm.

Er trat vor Angst einen Schritt zurück.

"Mein lieber Anđelko. Fürchte dich nicht." Der Geist sprach zu ihm.

Es klang wie sein Lucija.

Anđelko schüttelte halluziniert den Kopf.

Verwirrt trat er wieder vor und das Gleiche geschah.

Diesmal trat er nicht so weit zurück, wie er wollte, und rieb sich zweimal die Augen, aber sie erschien immer noch vor ihm, also wartete er.

Seine beruhigende Stimme, die so reich mit Liebe verflochten war, löste eine neue Reaktion aus.

"Ich bin hier, weil du mich angerufen hast." Ihre heisere Stimme, die er so sehr vermisst hatte, kam zu ihm zurück. "Du hast mich angerufen, Anđelko. Aber ich war immer bei dir. Ich kenne dein Herz, meine Liebe. Du musstest es nur sagen. Ich wäre jederzeit aufgetaucht. Aber vorher hast du mich nicht gebraucht, also habe ich dich im Auge behalten, bis die Zeit gekommen ist." das würdest du ".

Er sprach so zärtlich und anbetend, dass Anđelko fühlte, wie Tränen über ihr Gesicht liefen.

"Lucija, wie ich dich vermisst habe! Ich weiß nicht, warum du hier bist, aber ich bin froh, dass du es bist. Ich habe dich bis heute geliebt. Ich weiß, ich hätte dich vor langer Zeit anrufen sollen, aber im Laufe von Mein Leben hat sich verändert, nachdem du gestorben bist und ich eine Entscheidung treffen musste. Ich wusste, dass du es verstehen würdest oder ich hatte gehofft, dass du es tun würdest. "

Anđelkos Stimme brach und sie schluchzte sprachlos beim Anblick ihrer verlorenen Liebe.

Er spürte ihre Berührung, ein leichtes Gefieder ihrer Finger an seinem Arm.

Dann materialisierte sie sich langsam, verwandelte sich von einem unbedeutenden Licht in eine substanzielle Frau und hielt ihre Arme offen für den tränenreichen Anđelko.

Er umarmte sie verzweifelt zurück.

Er hatte sein ganzes Leben lang von seiner Lucija geträumt, sie wieder in seinen Armen gehalten und gefühlt, wie er sie umarmte.

Und jetzt war es passiert.

Von all dem überwältigt, fiel er langsam auf die Knie, sein Gesicht in ihrem Bauch vergraben, als sie sein Haar streichelte.

"Moj odvažni neustrašivi borac". Lucija sprach leise und nannte ihn ihren tapferen und geliebten Krieger. "Ihr Weg war vorbestimmt, bevor wir uns trafen. Sie haben so gelebt, wie Sie sollten. Sie haben sich entschieden, sich selbst zu opfern, damit andere frei leben können. Und am Ende war es kein Opfer, oder? Sie lieben Vladimir und er liebt Sie auch. Sie haben ihn vor sich selbst gerettet. mehrmals selbst. Weißt du das nicht? Wladimir hätte sich vor langer Zeit durch seine Handlungen selbst zerstört, wenn es nicht deine Fürsorge und Liebe gegeben hätte. "

Sie fuhr fort, sein Haar zu streicheln, und ihr Schluchzen hatte nachgelassen, als sie seine zarten Worte hörte.

"Meine Liebe, aber wie? Was habe ich dafür getan? Ich bin nur ein Mann, niemand Besonderes."

"Ja, mein Anđelko, du bist ein Mann. Nicht mehr und nicht weniger. Du hattest keine Möglichkeit zu wissen, dass Stankov so angreifen würde wie er. Dein Goran braucht dich. Er braucht deine Kraft und deine Liebe, um ihn zu überwinden. Du musst zurückkehren Sie!"

"Wie kannst du das sagen, Lucija? Ich habe dich gerade wiedergefunden! Es ist qualvoll ... der Schmerz! Wie kann ich zurückgehen?"

Anđelko sprach mit ihrem Gesicht über sie.

Seine Stimme wurde durch Kleidung und gedämpfte Emotionen zum Schweigen gebracht.

"Ah meine Liebe. Wie kannst du nicht? Ich bin nicht wirklich hier. Ich bin nur hier, weil du mich gesucht hast. Ich bin tot. Du lebst! Und du lebst weiter, weil es nicht deine Zeit ist. Und du liebst Goran. Er bedeutet viel du. Ich bin nicht traurig. Ich bin so glücklich, dass du jemanden gefunden hast, der dich wieder liebt. Er liebt dich. Er braucht dich. Und du brauchst ihn. Geh, meine Liebe. Geh und folge deinem Herzen und weiß das immer Ich werde bei dir sein".

Lucija strich noch einmal mit ihren weichen Händen über Anđelkos Haar.

Sie benutzte ihre Hand, um ihr Gesicht zu heben, damit er den Ausdruck von Befriedigung und Liebe sehen konnte, der in ihren Augen leuchtete.

Langsam stand Anđelko auf.

"Ich verstehe nicht alles, was du gesagt hast, meine liebe Lucija. Aber vielleicht brauche ich das nicht. Es tröstet mich zu wissen, dass es dir gut geht. Ich würde um die Gelegenheit bitten, dich noch einmal zu küssen. Wenn ich nicht bleiben kann, würdest du es mir gewähren? Genau das. ? " Anđelko flehte.

"Natürlich meine Liebe. Und ich würde dich auch gerne wieder in mir fühlen."

Lucija trat in Anđelkos Umarmung.

Er berührte versuchsweise seine Lippen mit ihren, fand sie warm und wartete.

Selbstbewusster durch seine Liebe und Vertrautheit trat er noch näher und zog sie an sein Herz.

Seine Lippen waren so beweglich unter ihren, so zart wie nie zuvor.

Er war überwältigt von ihrer Umarmung, dem erinnerten Gefühl von ihr und ihrer Sanftmut.

Und zu sanft, als sie mit ihren Fingern durch seine Haare fuhr und ihre Zunge in seinen Mund steckte.

Der Kuss war lang und leidenschaftlich und voller Liebe.

Atemlos zog sich Anđelko zuerst zurück.

Er sah tief in die Augen seiner ersten Liebe, seines warmen honiggoldbraunen, von Liebe erleuchteten.

Er tauchte erneut, um ihren Mund vollständig zu fangen.

Sein erinnerter Geschmack löste sein Verlangen noch mehr aus.

Zusammen sanken sie zu Boden, ein warmer, weicher Nebel wirbelte um ihren Körper, als sie immer weiter in die Tiefen ihrer Leidenschaft vordrangen.

Langsam halfen sie dem anderen, sich auszuziehen.

Anđelko fand alle weichen Mulden und geschwungenen Hänge von Lucija, an die sie sich so gut erinnerte.

Sie fand wiederum die harten Flugzeuge und festen Muskeln seiner Liebe.

Ihre Vereinigung war langsam und sinnlich und sie liebten sich gut.

Für Anđelko war es so wunderbar zu spüren, wie Lucija ihre inneren Muskeln um seinen Schwanz spannte, dass es sich auf eine Weise vollständig anfühlte, wie sie es lange nicht mehr gefühlt hatte.

Dies nahm nichts weg, was er mit Goran fühlte: Es war nur eine andere Dimension, eine andere Verschmelzung und eine andere Liebe.

Und ungewollt spürte er den Schmerz, der ihn ursprünglich in die Dunkelheit gezogen hatte.

Gerade als es seine Fülle erreichte, spürte er, wie die Ränder der Dunkelheit heller wurden.

Der Versuch, bei Lucija zu bleiben, erwies sich als zwecklos.

Es verschwand aus dem Blickfeld, je mehr die Dunkelheit klar wurde.

Erschrocken über das Aufkommen von Schmerz und die Auflösung seiner geliebten Lucija schrie er aus Protest.

"Meine Liebe, denk daran, dass ich immer bei dir bin. Fühle dich nicht hilflos. Sie brauchen dich woanders. Dein Goran braucht dich. Auf Wiedersehen, meine Liebe."

Lucijas freundliche und verständnisvolle Stimme verschwand aus seinem Kopf und das Licht wuchs.

Er fühlte sich durch den Nebel zu diesem hellen Licht aufsteigen.

Er machte einen letzten Versuch, sie noch einmal zu packen, aber das tat es nicht.

Er reiste ohne nachzudenken, in Ehrfurcht vor ihrer Erfahrung und seiner anhaltenden Liebe zu ihr, und schwebte ins Licht.

# KAPITEL L.

Katarina und Helena arbeiteten verzweifelt, als sie Anđelkos Bewegungen miterlebten.

Sie bürsteten seine Hände und riefen nach ihm.

Erfreut über seine ersten Reaktionen und das leichtere Atmen hielten sie den Atem an, um keine falsche Hoffnung zu erzeugen.

Sie waren erschrocken über die Bewegungen, die er machte, und das Murmeln von Worten, das einige Minuten zuvor begonnen hatte und sie aus ihren stillen Sorgen herausgeholt hatte.

Worte der Liebe und Worte der Verzweiflung, größtenteils inkohärent.

Katarina und Helena schafften es, ihn höher auf die Kissen zu bewegen und streichelten sanft seine Wangen.

Anđelko rührte sich noch mehr.

Anđelko blinzelte schnell, ihr Atem war immer noch angespannt, und bemühte sich, ihre Augen mit dem durchdringenden Licht, das ihren Kopf verletzte, offen zu halten.

Er sah sich verwirrt um und rief Lucija zu.

Katarina und Helena sahen sich verwirrt über den Namen an.

Es war keiner, den sie kannten.

Als er die Kontrolle über sich selbst wiedererlangte und das Zimmer und Goran im Bett neben sich sah, beruhigte er sich noch mehr.

Er spürte die Welle des Mitgefühls beider Frauen und fragte sich, wie viel er sagen sollte.

Er entschied, dass er es zuerst selbst überlegen und herausfinden musste.

Würden sie ihm trotzdem glauben?

Waren sie wütend?

Hatte er wirklich gerade mit seiner geliebten Lucija gesprochen?

Ja, er würde seine Gedanken für sich behalten.

Er verzog das Gesicht und rollte sich zur Seite, um die Atemzüge seines süßen Gorans zu beobachten.

Es erwärmte sein Herz, auch wenn er verrückt war, verrückt zu glauben, dass Lucija ihn gutheißen würde.

Zumindest sagte sein Gespenst ja.

Er fragte sich oft, ob er sie verärgert hatte, obwohl er nicht mehr an sie gebunden war.

Jetzt wusste er, dass sie nicht nur verstand, sondern ihn auch mehr für seine Entscheidungen liebte.

Das beruhigte sein Herz und seinen Verstand.

Er hatte nicht bemerkt, wie sehr das sein Gewissen belastete, aber jetzt war er damit einverstanden.

Seufzend spürte er, wie Katarina versuchte, ihm Wasser zum Trinken zu geben.

Er nahm einen langsamen Schluck und fühlte Kopfschmerzen in seinem Kopf aufgrund der Erfahrung und des vorherigen starken Getränks.

Also fütterte sie ihn mit Brühe.

Er nahm alles Essen, das sie ihm anbot, und blieb stumm und wachsam.

# KAPITEL LI

Kristina stoppte das Pferd.

Er stieg vorsichtig aus und ließ das Pferd die kleine Lichtung durchstreifen.

Die Hunde blieben beim Pferd, ihre Seiten pochten noch einmal vor Anstrengung, ihre Zungen hingen heraus.

Sie ging zu den Ufern des kleinen Teichs und trat ins Wasser, geführt von dem schwachen Mondlicht, das jetzt von ihm reflektiert wurde.

Ohne Rücksicht auf ihre Kleidung fand sie die Blutegel, nach denen sie suchte.

Sie hob sie vorsichtig auf und legte sie in den kleinen Kessel, den sie zu diesem Zweck mitgebracht hatte.

Nachdem ihre Mission erfüllt war, nahm sie einen Schluck Wasser aus dem Beutel, sorgte dafür, dass die Tiere ein Bad nahmen, um sich zu entspannen, und machte sich dann daran, das Pferd für die Rückfahrt wieder aufzunehmen.

# KAPITEL LII

Je weiter die Vampire flogen, desto wütender wurde Vladimir.

Aber jetzt drehte sich der Zorn um.

Wie konnte er so rücksichtslos und nachlässig in seiner Rede und Zuneigung zu ihr gewesen sein?

Er hatte zuvor versprochen, als er sie wieder an seiner Seite hatte, dass er sie schätzen würde.

Wie schnell hatte er es gebrochen.

Täuschen! Er murmelte.

Er würde den Schaden reparieren und es beim nächsten Mal besser machen.

Ich hoffte nur, dass es ein nächstes Mal geben würde.

Weil seine Kristina heiß war, aber sie war auch sehr unschuldig; Er war selten außerhalb seines Dorfes gereist, bevor er sie gefunden hatte.

Er hoffte, dass sie nicht verloren war, dass ihr Pferd keinen Schuh verloren hatte oder dass er nicht auf Grobianer oder Banditen gestoßen war, um sie zu verletzen.

Er bewegte sich immer schneller und Stjepan bemühte sich, mit ihm Schritt zu halten.

Als er den Horizont betrachtete, stellte er entsetzt fest, dass sich die Morgendämmerung näherte.

Während der Himmel noch vollständig schwarz war, änderten sich die gedämpften Blautöne mit jeder Minute schnell.

Er musste sie in kürzester Zeit finden.

Er musste, er konnte nicht länger als eine Stunde suchen.

Wie konnte er so dumm gewesen sein?

Seine Augen suchten verzweifelt nach kleinen Formen am Boden, Ungeziefer und Nagetieren am Straßenrand.

Er schärfte die Augen und suchte nach neuen Hinweisen, aber er wusste, dass es nutzlos war, nicht nur die Straße war gut befahren, sondern der Sturm hatte seine vorherige Reise ausgelöscht.

Vladimir wusste, dass er vorsichtig sein musste, um nicht wegen seiner Ablenkung vom Himmel zu fallen.

Stjepan rief ihn an.

Ein einsamer Reiter mit Schatten an seiner Seite näherte sich schnell.

Vladimir wusste instinktiv, dass es Kristina war.

Er und Stjepan stiegen schnell ab, um auf die Annäherung zu warten.

Kristina erschrak über sein plötzliches Erscheinen am Himmel und stoppte das Pferd abrupt.

Beim plötzlichen Anhalten falsch berechnet, fiel er fast auf sie, aber irgendwie gelang es ihr, ihren Platz zu behalten.

Steif und stolz, ihren Körper aufrecht, beobachtete sie vorsichtig, wie die Vampire die Entfernung zu ihrem Sitzplatz überquerten.

Stjepan streckte die Hand aus, um das Zaumzeug zu fangen, und stoppte jeden Versuch, vorbei zu eilen, als ob dies seine Absicht wäre.

Sie sah sie an und dachte, wie wenig sie sie kannten.

Vladimir erreichte die andere Seite und nahm sie in seine Arme.

Sie fühlte, dass seine Umarmung liebevoll war, aber sie lachte nicht wie zuvor, als sie so etwas gefühlt hatte.

Selbst in seinen Armen blieb sie starr.

Vladimir lächelte über ihren anhaltenden Trotz.

"Meine Kristina, alles ist in Ordnung. Ich war nicht böse auf dich, deine Worte oder deine Handlungen. Ich fühlte mich hilflos und das passiert mir normalerweise nicht! Ich bin ein Mann der Tat und Inaktivität passt nicht gut zu mir. Liebe, es tut mir leid."

Vladimir verstummte nach seiner Rede in der Hoffnung, dass sie ihm antworten würde, ohne wütend zu werden.

Er bekam seinen Wunsch.

Kristina seufzte.

"Mein Lieber, ich wollte nur helfen. Blutegel, Blutegel werden helfen. Sie müssen! Ich weiß es nicht anders."

Sie sprach so leise und entspannte sich in seiner Umarmung.

Er hielt sie fest, bis sie schrie:

"Blutegel! Sei vorsichtig!"

Seine Hände wiegten den Kessel, damit er nicht verschüttet wurde.

Sie konnten keine Zeit damit verschwenden, zur Lichtung zurückzukehren.

Kristina hatte auch die Beleuchtung am Himmel bemerkt.

Vladimir und Stjepan beschlossen schnell, dass Stjepan auf dem Pferd zurückkehren und Vladimir mit Kristina durch den Himmel reisen würde.

Er versuchte sie so gut er konnte auf den Verlust der Schwerkraft vorzubereiten, bevor er sich in die Luft warf.

Sie schnappte nach Luft bei der Schwerelosigkeit und kniff die Augen zusammen.

Die halsbrecherische Geschwindigkeit könnte ihn aus dem Gleichgewicht bringen und den kostbaren Kessel.

Bald erreichten sie das Tor von Stjepan.

Sie warfen einen kurzen Blick darauf, dass Stjepan noch eine Meile entfernt war, und rannten hinein.

Die Finger der Morgendämmerung erschienen in wunderschönen Rosa- und Orangetönen, aber sie waren sehr tödlich.

Vladimir ging dorthin, wo er wusste, dass Stjepan die Särge aufbewahrte.

Kristina zur Treppe.

Er wollte mit ihr gehen, aber er wusste, dass er es nicht konnte.

Schmerzhaft zog er sich von ihr zurück, so sehr sein Herz und sein Körper an seiner Seite bleiben wollten.

Er wusste, dass er, sobald er aufgestanden war, bei ihr sein würde und dieser Gedanke hielt ihn in Bewegung.

Kristina rannte nach oben und ignorierte diesmal die Porträts und das detaillierte Geländer in ihrer Eile, um nach Goran und Anđelko zu gelangen.

Er blieb kurz vor der Tür stehen, als er sah, dass Anđelko nicht mehr bewusstlos war.

Freude erleuchtete ihr Herz bei dem Anblick.

Als sie zu Atem kam und versuchte, den Stich in ihrer Seite zu vergessen, reichte sie Katarina den Kessel.

Sie stellte es auf den kleinen Tisch neben Gorans Bett, während Helena Kristina Wasser brachte.

Als sie ausreichend aufgefüllt war, ging sie zum Kessel und hob das Tuch, mit dem sie die Blutegel hermetisch versiegelt hatte.

Sie schnappte sich eine und stieß einen überraschten Miau aus, als er ihren Finger traf.

Als er merkte, dass er mit Sorgfalt und Bequemlichkeit arbeiten musste, ignorierte er den Blutstropfen, der sich bildete, als er den Blutegel neu justierte, und platzierte ihn schnell in der Nähe von Gorans Kopfverletzung.

Sie bewegte sich auf diese Weise von einer Seite zur anderen und bemerkte nicht, wie sich ihr Blut mit der teilweise offenen Wunde in Gorans jüngstem Schnitt an Gorans Kopf vermischte.

Niemand hat das bemerkt.

Als sie fertig war, war sie erschöpft.

Er ließ sich auf den Stuhl fallen und sprach mit den Frauen über sein Treffen mit Vladimir und Stjepan.

Er versicherte Katarina, dass Stjepan bereits in Sicht war, als sie das Haus betraten.

Katarina seufzte erleichtert.

Er wusste, wie leid es ihm getan hätte, wenn Stjepan etwas passiert wäre.

Gabrijel betrat den Raum und bestand darauf, dass alle Frauen sich ausruhen.

Er würde über Goran und Anđelko wachen, die schweigend Gorans Hand beobachteten und hielten.

Hände, die nicht mehr gebunden waren, da es nicht mehr nötig war.

Kristina sammelte zum letzten Mal ihre Kraft, um die fetten, blutgefüllten Blutegel zu beseitigen.

Als sie fertig war, warf sie einen Blick auf ihre Arbeit und war mit Gorans gleichmäßiger Atmung und einer leichten Abkühlung ihrer Stirn zufrieden. Sie ließ sich erneut auf ihren Stuhl fallen.

Sie würde trotz Gabrijels Protesten nicht gehen und lieber dort einschlafen.

Als er merkte, dass sein Aufruhr sie nicht bewegen würde, erlaubte er ihr, sich auszuruhen.

Und während er sich ausruhte, schwoll sein Finger etwas an und begann lila zu werden.

Trotzdem blieb auch das unbemerkt.

# ZEHNTEL TEIL
# GABRIJEL

# KAPITEL LIII

Stjepan stieg von seinem Pferd ab und rannte auf die Villa zu. Die ersten Sonnenstrahlen trafen seine Fersen.

Er schlug die Tür zu, als kleine Lichtfunken seine Schuhe erreichten, wo seine Füße jetzt kurz von dem Kontakt blasen.

Er atmete erleichtert auf, als er die Treppe hinunter zu den Särgen ging, wissend, dass seine Füße sich selbst heilen würden, während er schlief.

Als er sah, dass Vladimir bereits einen besetzte, schlüpfte er in einen anderen und schob die Abdeckung mental wieder an ihren Platz.

Er legte sich hin und schloss die Augen.

Sein letzter Gedanke vor dem Einschlafen, einer der Hoffnung, dass alles klappen würde.

"Stjepan?" Er hörte Wladimir flüstern.

Er seufzte und wusste, was in seinen Gedanken war.

"Sehr gut, Vladimir. Ich werde dir sagen, was ich über Đurđas Tod weiß."

"Danke Stjepan. Manchmal verfolgen mich meine Träume und ich würde wissen, ob er ruhig ruht."

Stjepan murmelte Verwünschungen, weil er seine Pause verpasst hatte, weil er Katarina nicht umarmt hatte und weil er auf verrückten Missionen über das Feld geflogen war, weil Vladimir seine Frau nicht kontrollieren konnte. Er begann seine Geschichte.

# KAPITEL LIV

*Vor neunzig Jahren ...*

"Ich hatte mich von einem örtlichen Bauern ernährt, als ich bemerkte, dass etwas nicht stimmte. Meine Ohren kribbelten über die wahrgenommenen Gefahren, die um mich herum wirbelten. Ich versuchte es zu ignorieren, aber es unterbrach meine Konzentration lange genug, um die Wunde des jungen Mannes damit versiegeln zu müssen Derjenige, der mich gekreuzt und mich in den Himmel geschleudert hatte, um die Quelle des wütenden Wehklagens zu lokalisieren. Dies war kein Schmerz, sondern weibliche Empörung. Wie Sie wissen, habe ich meine Hörfähigkeiten immer noch verbessert und zwischen denen unterschieden, die meine Dienste benötigen. und wer sich wie Menschen benahm, benimmt sich normalerweise. "

"Ihre Schreie waren unheilig. Sie durchdrangen die Luft und rochen sie mit ihrem Entsetzen. Dann wurde mir klar, dass sie noch einige Meilen voneinander entfernt waren. Ein Gefühl der Angst, das ich nie gekannt hatte, überkam mich! Đurđa war in Duće an Ihrer Seite. in Ihrem Küstendorf, nachdem ich in der Woche zuvor mit Ihnen ausgegangen war. Ich geriet in Panik, ich kann das jetzt zugeben und verlor die Konzentration und fiel zu Boden, wobei ich meinen Ellbogen drehte. Das hat mich nicht davon abgehalten und ich raste auf Ihr Dorf zu. "

"Was ich dort gesehen habe ..."

Stjepan schauderte in seiner Pause.

Erinnerungen an diese schicksalhafte Nacht gingen ihm durch den Kopf.

Erinnerungen, die er aus Angst, ihn verrückt zu machen, unterdrückt hatte.

Erinnerungen, die ihren Hass auf Wladimir angeheizt hatten.

Erinnerungen, die seiner eigenen Schuld beschuldigt wurden, Đurđa nicht retten zu können.

Erinnerungen an sein Versagen als Bruder, als Freund und als Mann.

Die Tränen bildeten reine, kristalline Tropfen, die über ihre Wangen fielen.

Ihr leises Schluchzen ließ ihr Obdach vor Angst rumpeln.

Wladimir, still und immer noch in seinen eigenen Gedanken, teilte Trauer mit seinem Verstand und berührte Stjepans verwundete Seele.

Er versuchte nicht zu untersuchen, während Stjepan in Angst versunken war, sondern die kleinen Risse in seinem Gehirn zu heilen, die diese dunkle Nacht geschaffen hatte und die Stjepan als Mann verändert hatten.

Er konnte den Schaden sehen, die verdrehten Neuronen, die zerbrochenen Synapsen, die auf Đurđas Tod reagierten.

Er warnte den Teufel und erhob sich aus seinem eigenen Grab, um zu Stjepan zu gehen.

Er schob den Deckel beiseite und stieg mit dem schluchzenden Vampir ein.

Er schloss den Deckel noch einmal, schlang seine Arme um Stjepan und sandte ihm ein heilendes Licht.

Seine Energie drang durch Stjepans linken Arm ein und wanderte nach Norden, vorbei an Knochen, Sehnen, Geweben und Muskeln.

Er verfolgte die Blutwege, die um ihre Wirbelsäule kreisten, an ihrem Kleinhirn vorbei zum vorderen cingulären Kortex, um den Schaden zu untersuchen.

Hitze drang in Stjepans Wesen ein, das repariert und konzentriert wurde, als Vladimir nachforschte.

Das Licht war hellgrün mit einem Hauch von Lavendel, und seine kleinen Knospen begannen mit dem Beginn einer unterbrochenen Fissur und bewegten sich zu der verwickelten Masse darunter.

Langsam glättete sich die Oberfläche und die toten Synapsen erwachten zum Leben.

Die kurzen elektromagnetischen Impulse, die Vladimir einsetzte, erneuerten das Leben in den unterernährten Teilen von Stjepans Gehirn.

Lange ruhten sie sich aus, während Vladimir das Licht anwies, um den Schaden zu reparieren.

Stjepan war inaktiv und spürte die verbleibenden Auswirkungen des verblassenden Schmerzes.

Dies war kein Versuch, die Erinnerungen zu löschen, sondern die ausgefransten Nervenenden zu heilen, die ausgefranst waren.

Die grünen Impulse stellten Wachstum dar, eine Regeneration der Gewebestimulation.

Der Lavendel sollte Stjepan bei seiner spirituellen Heilung helfen.

Vladimir wusste, dass er zuerst Stjepans Erlaubnis hätte einholen sollen, konnte aber den Schmerz seines Leidens nicht länger ertragen und nahm die Angelegenheit selbst in die Hand.

Sobald er das Gefühl hatte, alles getan zu haben, zog er langsam das Licht zurück und achtete auf Stjepans emotionalen Zustand.

Stjepan war erschöpft von der Erfahrung und den jüngsten Enthüllungen und davon, dass er sich des Lichts beraubt fühlte.

Da sie wussten, dass sie beide keinen Widerstand leisteten, machten sie eine Pause in den Erinnerungen, damit sie sich ausruhen konnten.

Stjepan stürzte sich in den Aufruhr des Schlafes, während Vladimir immer noch die Arme bequem um ihn schlang.

# KAPITEL LV

Anđelko behielt Goran weiterhin im Auge.

Die geringste Bewegung, die sie beim Atmen beobachtete, ließ Anđelkos Stirn runzeln.

Er wurde durch Gorans Inhalationen gemessen, flach, gearbeitet.

Seine Brust zitterte vor Lungenentzündung und dem Husten, mit dem er regelmäßig zu kämpfen hatte.

Anđelko fühlte sich jetzt so hilflos wie damals, als sie Lucija in ihrer Krankheit sah.

Er erhob sich auf seinen Arm, um Goran einen sanften Kuss auf die Lippen zu geben und ihm seine Liebe ins Ohr zu flüstern.

Was konnte er noch tun?

Aber sieh zu und bete und teile ihre Nähe.

Gabrijel bewegte sich trotz seiner Lautstärke anmutig im Raum.

Er passte die Decke über Kristina an und lächelte leicht, als sie im Schlaf stöhnte.

Als er dachte, es sei nur ihre Erschöpfung aus der Vergangenheit, bemerkte er nicht die schwachen Anzeichen von Schweiß auf ihrer Stirn und Oberlippe, die aschfahle Blässe ihrer Wangen, die von den zugezogenen Vorhängen gedämpft wurde.

Er ging zum Himmelbett, um sich um seine zwei Kranken zu kümmern.

Er nickte Anđelko zu und badete Gorans Gesicht, Hals und Brust mit kaltem Wasser.

Er passte den Verband an ihrem Kopf an und entfernte die schmutzigen Verbände um ihre Taille, bevor er neue anlegte.

"Schlaf gut, wenn auch gut, Anđelko. Kristinas Lösung scheint keine Wirkung zu haben. Es ist zu früh zu sagen, ob Lord Stjepans mit ihrem vermischtes Blut die gewünschte Wirkung hatte. Aber schlaf."

Gabrijel lächelte Anđelko beruhigend an.

"Gabrijel, möge Gott für alles, was du tust, bei dir sein. Ich weiß nicht, wie ich mich ohne einen von dir verhalten hätte."

Anđelko sprach leise, ihre Stimme heiser von ihren Weinen.

Er senkte den Kopf, als wollte er noch einmal beten.

Er entdeckte, dass es ihm ein Gefühl des Friedens brachte, seine Lasten mit seinem Gott zu teilen.

"Möchtest du noch etwas Brühe? Meine Helena macht kilometerweit die leckersten Suppen und Brühen."

Gabrijel liebte es, mit den Talenten seiner Frau zu prahlen - nun, mit denen, die er bereit war, mit der Welt zu teilen.

Er dachte daran, seine talentierte Zunge für sich zu behalten.

Er hatte einen sehnsüchtigen Gesichtsausdruck, als er bemerkte, dass Anđelko ihn seltsam ansah.

Er musste seine Hose wegen seiner offensichtlichen Reaktion auf ihn anpassen, ich erinnere mich auch an Helenas liebevolle Zunge.

Anđelko stieß ein kurzes Lachen aus und las leicht die Gedanken des Mannes, als sie rot wurde.

Das half ihm, seine innere Qual für einen Moment zu lindern. Plötzlich fing er an zu lachen und konnte nicht aufhören!

Die Bilder, die in ihrem Kopf von diesen beiden ruhigen Menschen tanzten, die sinnliche Freuden genossen, waren zu gut, um sie zu verpassen.

Er verdoppelte sich fast vor Lachen und entschuldigte sich bei Gabrijel für seine Antwort.

Anđelko trat an seine Seite.

"Mein Freund, wenn du wüsstest, wie Helenas Talente sind, würdest du nicht lachen!" Gabrijel teilte wirklich ihre Freude.

Besonders jetzt verließ ein Teil der Spannung den Raum seit seiner Ankunft.

Gabrijel wusste, was er hatte und wollte sie nicht gehen lassen.

Er leckte sich sogar lasziv die Lippen, sehr zu Anđelkos Freude.

Oh, es fühlt sich gut an zu lachen!

Selbst unter diesen Umständen fühlt es sich gut an, dachte Anđelko, als sie sich endlich beruhigte.

Kristina anzusehen, war ihr egal, da ihre momentane Freude sie nicht gestört hatte.

Also war er froh.

Er liebte sie und wollte nicht, dass ihre Ruhe unterbrochen wurde.

Plötzlich stand er auf und ging hinter den mit Blumen und Kolibris geschmückten Bildschirm.

Er benutzte das Urinal und wusch sich dann die Hände mit dem Krug und der Schüssel, die zu diesem Zweck da waren.

Sobald dies erledigt war, zappelte er eine Minute lang durch den Raum, erkannte jedoch, dass er mit Goran zusammen sein musste.

Als Anđelko sah, dass Gorans Zustand unverändert blieb, wanderte er durch den Raum und nahm die Möbel in sich auf.

Neben der Trennwand befanden sich eine brünierte Zedernkiste und ein großer Ganzkörperspiegel.

Die Vorhänge waren mit einem reichen Brokat-Saphir verziert, der die weichere Bettdecke ergänzte.

Cremefarbene Wände wurden mit mehr Blautönen akzentuiert.

Tatsächlich hatte der gesamte Raum eine Vielzahl von Blautönen, von den Kissen bis zum Stuhl, in den sich Kristina beugte, wie die Bilderrahmen.

Er erkannte einen frühen italienischen Donatello, Vladimir hatte darauf bestanden, dass er gut lernte.

In Anđelkos Augen war es ein gemütliches Zimmer.

Seine Augen wanderten zu Kristina, als sie auf dem Stuhl zappelte.

Er runzelte die Stirn.

Etwas kam nicht zu ihr.

Es lag nicht an ihren Haaren, die sie nicht zusammengebunden hatte und die jetzt über ihre Schultern fielen, oder an ihrer Unfähigkeit, nachts schlafen zu können.

Nein, das war noch nicht alles.

Anđelko legte eine Hand an ihr Kinn und streichelte den Anfang ihrer Schnurrhaare, während sie das Bild betrachtete, das sie präsentierte.

Dieses Bild hatte etwas Seltsames.

Er war fasziniert, aber wie Gabrijel entschied er, dass er sich nur ausruhen musste.

Er beschloss, dass er sich ihr anschließen würde, während sie schlief.

Sein Körper war eine Masse von Schmerzen und Blutergüssen und er brauchte seine eigene Heilungszeit.

# KAPITEL LVI

Kristinas Stirn brannte.

Er kämpfte sich durch Schichten von Schlaf und Fieber, konnte aber nicht aufwachen.

Ihre Träume waren voller Fabelwesen und die Rüstung im Erdgeschoss war lebendig geworden und verfolgte sie durch die Korridore des Herrenhauses.

In seinem Traum rief er verzweifelt nach Wladimir, als er versuchte, eine Tür nach der anderen zu schließen.

Er stellte sich vor, er könnte den übelriechenden Atem der Leiche der Person spüren, die einst in der Rüstung lebte.

Er verfolgte sie unerbittlich und heimlich.

Niemals eilen, nur vorwärts gehen, entschlossen in jedem Schritt, den sie unternahm.

Kristina war außer Atem und ihre Kleidung fühlte sich im endlosen Korridor restriktiv an.

Er sah eine teilweise offene Tür am Ende der Halle und rannte darauf zu.

Sie war sich nicht bewusst, was vor ihr liegen könnte, aber sie wusste, was sich hinter ihr befand, und tauchte kopfüber in den Raum.

Sie schloss die Tür und verriegelte sie.

Mit schwebender Brust und dem Rücken zum Raum schloss sie die Augen, um tief zu atmen.

Die Rüstung begann erfolglos die Tür zu rammen.

Da er wusste, dass er zusätzlichen Schutz finden musste, drehte er sich um und öffnete seine Augen für ... Entsetzen!

Sie war in einem Schlachthaus gefangen, und Dämonen rissen wild am Fleisch schreiender Dorfbewohner, als sie nach ihrem Blut suchten.

Er sah seine Eltern, Andrej, so viele, dass er angegriffen sah.

Er schrie und zog die Aufmerksamkeit einer schönen jungen Frau auf sich, sein Mund tropfte von Blut ...

# KAPITEL LVII

Vladimir spürte, wie Angst durch seine Adern lief.

Das brachte ihn aus seinem Traum heraus.

Instinktiv wusste er, dass seit dem Morgengrauen mehrere Stunden vergangen waren.

Als sie dachte, dass es Stjepan war, dass sie sich mitten in ihrem Traum ängstlich fühlte, sah sie, dass er friedlich neben ihr ruhte.

Etwas stimmte nicht, sehr falsch.

Sein Gewissen beschäftigte sich damit.

Er projizierte seine Gedanken auf die eigentliche Villa und suchte nach der Quelle.

Als er sich dem Raum näherte, in dem die Kranken untergebracht waren, nahm sein Gefühl der Angst zu.

Er verwandelte seine Form in einen Dampfstrahl, um ungehindert unter der Tür hindurchzugehen und sich später in einen Schatten seiner selbst zu verwandeln, um die Insassen bei seiner Ankunft nicht zu erschrecken.

Sie trat über das Bett und sah, dass es Anđelko und Goran gut ging, beide schliefen.

Erleichtert seufzend fuhr er fort.

Gabrijel hatte aus Bettzeug auf dem Boden eine Art Bett gemacht, damit Kristina sich neben Goran ausruhen konnte.

Er hatte immer noch keine Angstgefühle bei ihnen gefunden.

Er drehte sich um und sah Kristina tief und fest schlafen.

Als er sich ihr näherte, wuchs das Gefühl der Angst.

Er runzelte die Stirn bei ihren unruhigen Bewegungen und dann schrie sie!

Seine fieberhaften Augen weiteten sich und sahen nicht.

Er setzte sich abrupt auf und schlurfte durch die Bettwäsche, als würde er sie angreifen und unverständliche Worte rufen.

Sein Gesicht war entsetzt und in die stumpfe Farbe einer kranken Person getaucht.

Er war schnell an ihrer Seite und versuchte, ihre Hände in ihrem gespenstischen Zustand zu fangen.

Ihre verängstigten Augen richteten sich auf ihn, sahen ihn aber nicht.

Sie sah, wie Vladimir anfing, seine Zähne in Andrejs Nacken zu versenken!

Er musste Andrej retten!

Zu dieser Zeit war nichts anderes von Bedeutung.

Er ignorierte alle anderen Dämonen und schob sich durch die sich windende Körpermasse nach Wladimir.

In ihren Gedanken bat sie ihn, Andrej zu vergeben.

Und Wladimir!

Vladimir hob seine violetten Augen und verspottete sie wegen ihrer Naivität.

Sie packte ihn am Arm, aber er schüttelte sie.

Es ging wieder voran, Krallen griffen nach ihrem Rock.

Vladimir war außer sich und versuchte, ihr inkohärentes Flüstern zu verstehen.

Er fing einen "Vladimir", einen "Andrej", einen "... nimm mich", aber er wusste nicht, was er damit anfangen sollte.

Sie schüttelte die momentane Überraschung und Verzweiflung ab, die seine Worte verursachten, und konzentrierte sich darauf, die Quelle ihrer Wahnvorstellungen zu finden.

Trotz ihres Streifens und Zuckens begann er mit seinem Kopf, fuhr mit den Fingern über die ganze Stelle und versuchte zu sehen, ob er irgendeine Art von Klumpen hatte.

Er fand nichts dergleichen oder irgendeinen Schnitt und ging weiter hinunter.

Zu diesem Zeitpunkt war Gabrijel bereits an seiner Seite und machte sich Sorgen darüber, was er miterlebte.

Vladimir bat ihn mental, Wasser und ein sauberes Tuch mitzubringen, um seine Stirn abzukühlen.

Gabrijel war in seinem Dienst vorsichtig und versuchte, seinen schlagenden Armen auszuweichen.

Vladimir ging langsam über ihre Kleidung und ihren Körper.

Endlich fand er seinen Finger mit Anzeichen einer Infektion.

Er kehrte sofort zu seinem physischen Körper zurück und öffnete unverzüglich den Deckel.

Er stieg aus dem Sarg und rannte auf den Raum zu, in dem Kristina sich befand.

Er platzte durch die Tür, brachte die Wunde sanft an seine Lippen und begann, die Gifte zu saugen, die seinen Körper bewohnten.

Nehmen Sie sich Zeit und untersuchen Sie, wie er es mit Stjepan getan hatte, um das kontaminierte Blut abzusaugen.

In der Nähe lag ein bequemer Spucknapf, auf den er verzichtete.

Er war erfreut, dass es sich noch nicht auf seine inneren Organe ausgebreitet hatte.

Er war pünktlich angekommen.

Er saugte weiter sanft und wollte sein Blut frei von Infektionen lassen.

Als er fertig war, versiegelte er die Wunde.

Dann öffnete er sein Handgelenk, um es an seine Lippen zu bringen.

Der benommene Blick hatte Kristinas Gesicht verlassen und sie verstand, was er von ihr wollte.

Sie legte ihre eigenen Hände an ihr Handgelenk und drückte es näher an ihren Mund.

Er schluckte ein paar Schluck Blut des Vampirs.

Als sie fertig war, wischte sie sich den Mund, als er ihr Handgelenk versiegelte.

Sie fiel erschöpft auf die Kissen.

"Mein Wladimir, ich schulde dir mein Leben, danke." Kristina sah zu ihm auf. "Ich weiß nicht was passiert ist, aber ich bin dankbar, dass du gekommen bist. Bitte setz dich für einen Moment zu mir, während ich zu Atem komme."

Er breitete die Hände von den Seiten aus und tätschelte den Sitz mit einer von ihnen.

Vladimir kämpfte mit den kleinen Lichtfragmenten, die den Raum durchdrangen, aber er wusste, dass er Kristina nach ihrem Verhalten in dieser Nacht nicht alleine lassen konnte.

Wenn er vorsichtig war und sich von Lichtströmen fernhielt und Staubflecken ihn ohne Sorge verfolgten, wäre das in Ordnung.

Er zog sie näher und trug sie auf seinen Schoß.

Er verwöhnte sie wie ein Kind, streichelte ihre Haare und rieb sie zurück.

Ich war glücklich.

Sie kuschelte sich an seine Brust und griff in das Revers seines Anzugs.

Nach der Krise war kein Wort mehr zwischen ihnen vergangen. Und keiner wurde gebraucht.

Kristina wusste, dass sie ihren Albtraum später mit ihm teilen würde, wenn nur so würde er wissen, wovon sie geträumt hatte.

Im Moment war sie dort, wo sie sein wollte und war in Sicherheit.

# KAPITEL LVIII

Stjepan wachte wenig später auf und stellte fest, dass Vladimir nicht mehr an seiner Seite war.

Da er wusste, dass es sicher war, nach draußen zu gehen, verließ er den dunklen Keller, um nach den anderen zu suchen.

Er fand, dass Helena und Katarina gleichzeitig mit ihm die Tür erreichten.

Da er wusste, dass es genug Menschen gab, um sich um die noch Kranken zu kümmern, führte er Katarina zur Seite und zwinkerte Helena zu.

Sie lachte zurück und ließ sie auf dem Weg.

Stjepan nahm Katarina in seine Arme und sah zu, wie sie ihre moosgrünen Augen weitete.

Er senkte seine Lippen zunächst sanft auf ihre, eine Liebkosung, die ihr sagen sollte, dass er sie vermisst hatte.

Katarina sank in Stjepans Umarmung, ihre Lippen teilten sich, um die Notwendigkeit zu zeigen, etwas zu erforschen.

Stjepan linderte gern einige Minuten lang ihre Angst und suchte nach all den verborgenen Eigenschaften, die Katarinas Mund darstellte.

Sie wiederum wiegte ihn an sich und war sich nicht sicher, welche Veränderungen sie in ihrem Körper spürte.

Ich habe noch nie jemanden so geküsst.

Ihre Brüste waren hart und spitz.

Es war kein unangenehmes Gefühl. Sein Bauch hatte die gleiche Emotion, die er fühlte, als die Messe mit den Zigeunern durch die Stadt ging und ihm sein Vermögen erzählt wurde.

Dieses Gefühl von etwas mehr, von aufregenden Möglichkeiten, die dem eigenen Schicksal überlassen bleiben.

Seine Haut war gerötet und andere Stellen waren heiß und feucht.

Nein, sie verstand es überhaupt nicht, aber sie wusste, dass Stjepan sie lehren würde, es zu verstehen.

Stjepan stöhnte über die ungezügelte Leidenschaft, mit der Katarina ihn küsste.

Wenn er nicht aufpasste, würde dies über das hinausgehen, was er im Moment beabsichtigte.

Aber sie war absolut schön in seinen Armen, vertraute ihm und brach unter seinem Kuss zusammen.

Seine Hände liefen über ihren Rücken und streichelten ihre Rippen.

Seine Hände stoppten kurz bevor sie ihre Brüste berührten. Er wusste, dass sie unschuldig war und die Beziehungen zwischen Männern und Frauen nicht verstand, und hob sie hoch, um zur Bank zu gehen.

Er saß mit ihr auf seinem Schoß.

Seine Lippen brachen diesen feurigen Kuss nie.

Er bewegte sich und bemerkte, dass er sie in eine ziemlich unbequeme Position gebracht hatte.

Er versuchte diskret, sie auf seinen Schoß zu bewegen, damit ihr schöner Hintern nicht gegen seine große Härte streifte.

Er hoffte nur, dass sie es bei ihren Erkundungen nicht bemerkte.

Katarina hob ihre nassen Lippen von Stjepans, um an seinem Ohr zu knabbern.

Bei seinem schnellen Atmen wusste sie, dass er sie mochte.

Er mochte definitiv, was er mit ihr machte.

Er begann Liebesworte an ihrem Hals zu flüstern, seine Lippen bewegten sich gegen das zarte Fleisch.

Der Puls mit dem Blut seiner Vitalität schlug wie eine Ablenkung in seinen Ohren und unter seinem Mund.

Nicht mit dem Wunsch, ihr zartes Fleisch mit seinen Zähnen zu durchbohren, sondern mit Fleischlichkeit für seine Kühnheit.

Seine wachsenden Leidenschaften bedrohten seine kämpfende Kontrolle.

Ich wollte das mit Katarina richtig machen.

Er wollte sie als seine Begleiterin der Freuden und Begleiterin der Sorgen.

Und weil er das vor allem wollte, wusste er, dass er jetzt damit aufhören musste.

Sie lehnte ihren Kopf an Katarinas Stirn und rang nach Atem.

Er zeigte ihre Karamellaugen und wusste, dass sie genauso betroffen war wie er.

"Oh meine Liebe, wie du mich so sehr verführst! Ich will nichts weiter als dich hier zu verschlingen."

Er schlang seine Arme um sie, als er das sagte.

Katarina kämpfte mit ihrem eigenen Herzen und mit dem Blut, das durch ihre Adern floss.

"Stjepan, ich habe dich geliebt, seit ich ein Kind war. Ich habe bis zum richtigen Moment gewartet, dass ich bei dir sein könnte. Würdest du mir das verweigern?" Sie bettelte.

"Mein Lieber, ich leugne dir nichts. Ich bitte dich, ein bisschen länger zu warten, ich bitte dich. Ich möchte, dass du meine Prinzessin bist, meine Dame. Ich liebe dich, weil ich noch nie jemanden oder irgendetwas in meinem Leben geliebt habe! Und ich würde dich ehren, indem ich warte Bis ich das schaffen kann. Du hast mein Herz gestohlen. Ich würde alles tun, alles, was du mir sagst! Und wir werden uns für immer verbinden. Lass mich einfach mit deinem Vater sprechen und die Vorkehrungen treffen. Du kannst mir drei Tage geben, nicht wahr?""

"Stjepan, du kannst deine drei Tage haben. Aber ich verspreche, ich werde nicht darüber hinaus warten. Wenn ich bis dahin nicht dein Bettpartner bin, bin ich nicht verantwortlich für die Dinge, die ich mit deinem Körper vorhabe."

Katarina schien ein bisschen selbstgefällig zu sein, sagte aber völlig unerbittlich, dass sie mehr wollte, als Stjepan ihr jetzt bieten konnte.

"Jetzt komm her für eine Minute ..."

# ELFTE TEIL
## MIHAEL

214

# KAPITEL LIX

Als die Stunden der Nacht länger wurden, standen alle an Gorans Bett.

Helena hatte ihre Suppe aufgewärmt und sie hatten sich satt gegessen.

Stjepan und Katarina schlossen sich ihnen schließlich an und sahen ein bisschen zerzaust aus, aber sie alle behielten ihre Kommentare für sich.

Die beiden tauschten feurige Blicke aus, behielten aber ihre Hände und Lippen für sich.

Vladimir blickte von seinen Gedanken auf und durchbohrte Stjepan mit seinem Blick.

Stjepan verstand, worum es ging und nickte fast unmerklich.

Er legte einen Moment den Kopf schief, um seine Gedanken zu sammeln. Er wusste, dass er eine Menge Schmerzen offenbaren würde, die er so viele Jahre in sich gespeichert hatte.

Er hatte sich selbst gefoltert und wusste, dass er Đurđa versagt hatte.

Und er wusste, dass das, was er jetzt enthüllen würde, auch Wladimir Schmerzen verursachen würde.

Er war so ungläubig darüber gewesen, was Đurđa ihm in seinen letzten Augenblicken geflüstert hatte, dass er dieses Wissen in seinem Kopf blockiert hatte.

Erst durch Wladimir 'Intervention vor Stunden konnte er die Ereignisse dieser fernen Nacht vollständig erkennen.

Er wusste nicht, wie er sagen würde, was er zu sagen hatte, noch wusste er, wie jemand auf diese Informationen reagieren würde.

Er betete, dass Katarina und Kristina ihnen helfen würden, den Schmerz des Verrats zu heilen und damit umzugehen.

Denn so würde es sein.

Verrat der schlimmsten Art.

Er hatte mental versucht, sich und den Rest auf diesen Verrat vorzubereiten.

Ein Grund, warum er Katarina beiseite geschoben hatte, war, Kraft für die bevorstehende Aufgabe zu finden.

Er seufzte noch einmal und sah ihnen alle in die Augen. Er begann seine Geschichte.

"Das hat mir Đurđa offenbart ..."

# KAPITEL LX

*Vor neunzig Jahren ...*

"Ich kam an der Tür Ihres Hauses an, Vladimir, und stellte fest, dass sie verletzt und fast aus den Angeln gerissen worden war. Anđelko war bewusstlos und gefesselt, eine große Wunde an ihrer Stirn und ĐurĐa war geschlagen worden und es war Blut an ihr. Ich bin kurz vor seinem Tod angekommen ... "

Stjepan fing an zu weinen, als die Bilder in seinem Kopf spielten, ebenso wie Wladimir.

Alle anderen achteten genau darauf.

"Ich flog zu Đurđa und umarmte sie mit meinen Armen. Ihre Augenlider flogen auf und sie versuchte zu sprechen. Es war so schwer für sie, Vladimir, aber sie war so stark. Eines ihrer Augen war fast geschwollen und geschwärzt. Um sie herum bildeten sich blaue Flecken. Ihr Hals, fast als hätte sie eine enge Halskette getragen und es sah aus, als wäre ihre Luftröhre zerquetscht. Tränen liefen aus ihren Augenwinkeln, tropften über die Seiten ihrer Wangen und verschwanden in ihren Haaren. Gott, es war wie eine Puppe! gebrochen! Ihre Nägel waren gebrochen und blutig, sie hatte wie eine wilde Katze gekämpft. Ihre Kleidung war in Unordnung. Sie war schrecklich angegriffen worden. "

Katarina hatte Stjepan umarmt und jetzt weinten alle über das, was er enthüllte.

"Er versuchte sich aufzusetzen, konnte es aber nicht. Einige Rippen waren gebrochen und einer seiner Arme. Trotzdem versuchte er seine Hand an meine Wange zu heben. Er schluchzte mehr, als er merkte, dass er es nicht konnte. Er hatte überall Schmerzen, nein. Es gab einen Teil von ihr, der nicht gequält, geschlagen oder gebrochen wurde. Ich habe versucht, sie zum Schweigen zu bringen, nicht zu sprechen, ihre

Energie zu sparen, was auch immer. Aber wie Sie wissen, war sie immer sehr hartnäckig, Vladimir. "

Beide Männer lächelten sich kurz an, ein Hauch von Humor, der ihre gemeinsame Trauer für einen Moment überschattete.

"Oh Gott, sie war stur. Sie sagte, dass sie früher in der Nacht mit dir gekämpft hatte und dass sie schreckliche Dinge gesagt hatte, aber sie meinte nicht, was sie sagte, Vladimir. Sie wollte, dass du weißt, dass es ihr leid tut."

Stjepan sah wieder auf.

"Es tut mir so leid, Vladimir. Ich war so wütend über Đurđas Tod, dass ich dir nicht sagen konnte, was er gesagt hat. Ich weiß, dass er sich geirrt hat. Das war das Letzte, woran ich mich aus dieser Nacht erinnerte, bis du dein heilendes Licht früher auf mich angewendet hast. ."

"Stjepan, ich habe keinen Groll gegen dich wegen deiner Handlungen. Ich liebe dich wie immer."

Vladimir sprach mit aufrichtiger Stimme, während er Stjepans Blick einfing.

"Danke, Vladimir. Ich liebe dich als Bruder. Das habe ich immer. Ich war überwältigt von meiner Schuld und meinem Ärger. Und so sehr es mir leid tut, Kristina entführt zu haben, und es hätte keinem von euch Schmerzen verursacht, die uns geholfen haben, durchzukommen." dieser Punkt. Deshalb tut es mir nicht leid. "

Vladimir stand schweigend von seinem Platz neben Kristina auf, um Stjepan zu umarmen.

Sie blieben eine Minute so.

Nachdem ihre Umarmung beendet war, setzte Stjepan seine Geschichte fort.

"Đurđa erzählte mir dann, dass sie den Flur überquerte, als die Tür praktisch aus den Angeln kam. Und vor ihr zu stehen war ..."

# KAPITEL LXI

In diesem Moment regte sich Goran.

Glasige, schmerzende Augen weiteten sich und Kristina eilte zu ihrer Seite, als Anđelko wieder ihre Hand nahm.

Sie nickte einmal zufrieden und stellte fest, dass das Fieber verschwunden war.

Beide halfen Goran, sich ein wenig auf die Kissen zu setzen, und Katarina brachte ihm etwas von der Heilbrühe.

Während alle ungeduldig waren, endlich herauszufinden, was mit Đurđa passiert war, hielten sie es vorerst von Goran fern.

Er sah sich verwirrt um.

"Was ist passiert?" Er sprach mit seiner heiseren Stimme.

Anđelko ließ sich auf dem Bett nieder und umarmte Goran sanft. Ihr Kopf ruhte auf Anđelkos Brust.

"Meine Liebe, du wurdest von Stankov angegriffen. Er existiert nicht mehr. Die Hunde und ich haben ihn ans Meer geschickt. Du hast Fieber und bist seit letzter Nacht bewusstlos. Oh, ich hatte Angst um dein Leben! Ich betete und weinte und blieb an deiner Seite die ganze Zeit".

Anđelko umarmte ihn etwas intensiver.

Er war nicht bereit, Goran zu erzählen, wie er zusammengebrochen war oder wie er versucht hatte zu sterben, weil er dachte, Goran sei aus seinem Leben verschwunden.

Jedenfalls noch nicht.

Er war sich sicher, dass keiner der anderen etwas sagen würde.

Was zwischen den Liebenden geschah, würde so bleiben.

Über Gorans Kopf blinzelte Anđelko alle an und bestätigte stillschweigend den Dienst, den sie an diesem Tag geleistet hatten.

Er musste immer noch seine eigene Verlegenheit über seinen Zusammenbruch von Gorans lebensbedrohlichen Verletzungen überwinden.

Aber dafür wäre genug Zeit.

Alle machten sich noch ein paar Minuten Sorgen um Goran, während Katarina ihre Augen und Gedanken auf Stjepan konzentrierte.

Er lächelte, als sie es alle taten, aber sie wusste, dass er Probleme hatte.

Es war offensichtlich in seiner zusammengesackten Haltung und dem nervösen Tic, der in seinem linken Auge auftrat.

Zu wissen, dass er nicht bereit war, seine Geschichte fortzusetzen, aber dass er sie trotzdem fortsetzen würde.

Sein Vampir war ein ehrenwerter Mann, ein tapferer Mann.

Sie hatte es schon lange gewusst und würde mit ihm alles ertragen, was ihnen präsentiert wurde.

Er war ihr Herz.

Kristina machte sich ebenso Sorgen um Vladimir.

Er war nicht so offensichtlich verstört, wie Stjepan schien, aber er kämpfte eindeutig auch um seine Gelassenheit.

Er war nicht eifersüchtig auf den verstorbenen Đurđa und die gemeinsamen Gefühle zwischen den beiden.

Sie wusste, dass Vladimir ihr gehörte.

Und er musste wissen, dass sie seine war.

Sie streichelte seine Wange, um ihn wissen zu lassen, dass sie da war und er legte seine Hand auf ihre und ließ sie wissen, dass er in allen Dingen bei ihr war.

Sobald sie wieder ruhig waren und Gabrijel Goran assistierte, fuhr Stjepan fort.

# KAPITEL LXII

*Vor neunzig Jahren ...*

"Vor ihr stand Mihael ..."

Anđelko stieß einen erstickten Schrei aus, Vladimir sah fassungslos aus, Stjepan nickte traurig.

Vladimir hatte das Gefühl, als wäre seine Seele brutalisiert und sein Herz aus seiner Brust gerissen worden.

Mihael!

Warum sollte er so etwas tun?

Wie konnte sein Mentor ihn so schrecklich verraten haben?

Er sah Stjepan mit verletzten Augen an und wartete darauf zu hören, was er als nächstes zu sagen hatte.

# KAPITEL LXIII

*Vor fünfundneunzig Jahren ...*

Mihael hatte Stjepan schon lange besucht.

Er sagte, er sei da, um Stjepan beim Training seiner Fähigkeiten zu helfen und zu beobachten, aber er hatte einen dunkleren Grund.

Ich wollte Đurđa.

Er hatte seinen Besuch so geplant, dass er mit seiner Ankunft für einen seiner seltenen Schulbesuche zusammenfiel.

Nachdem er sechs Monate zuvor das Wissen über seine bevorstehende Ankunft durch Stjepan erfahren hatte, hielt er sich Zeit.

Seit einiger Zeit hatte er darüber nachgedacht, wie er das Thema mit Stjepan besprechen würde.

Er wusste, dass er mit dem jungen Vampir, der für sein schnelles Temperament und seine Präzision mit seinem Rapier bekannt war, vorsichtig sein musste.

Er wusste auch, dass er sie über alle anderen haben wollte.

Also habe ich gerechnet.

Er war aufmerksam auf sie, aber nicht übermäßig.

Er hat Sie um Ihre Meinung zu finanziellen Angelegenheiten gebeten.

Er verbrachte seine Nachmittage in der Bibliothek mit ihr und sprach über verschiedene Themen.

Aber obwohl sie ihn nicht vollständig ablehnte, ignorierte sie ihn wirklich.

Er war wütend über ihre leisen Reden über Frivolität und ihre Gleichgültigkeit gegenüber ihm.

Eines Nachts hatte er angefangen, mit ihr zu flehen, und auf ihre hübsche Weise hatte sie ihn abgelehnt.

Wütend über ihre Ablehnung war er abgehauen und hatte sich schweigend versprochen, dass er sie eines Tages bezahlen lassen würde.

Niemand, niemand behandelte ihn so, wie sie es wagte!

Niemand!

Seine Eitelkeit und sein Stolz wurden durch seine sorglose Verachtung erschüttert.

Stjepan verstand nicht, warum Mihael plötzlich seine Gastfreundschaft aufgab.

Und Đurđa hatte zu seiner Verteidigung die Ernsthaftigkeit seiner Absichten und das angebliche Vergehen gegen ihn wegen der Ablehnung seiner Zuneigung nicht erkannt.

Sie dachte nicht daran, es Stjepan gegenüber zu erwähnen, weil es für sie eine Kleinigkeit war.

Sie war damals erst siebzehn Jahre alt, und wie junge Mädchen oft, interessierte sie sich mehr für Mode und Klatsch als für die Berücksichtigung der Gefühle von Männern.

# KAPITEL LXIV

*Vor neunzig Jahren ...*

"Mein lieber Bruder, Stjepan, ich habe es mir nicht vorgestellt! Wie könnte ich?"

Đurđa versuchte Stjepan dazu zu bringen, ihren Standpunkt zu verstehen, indem sie ihr erzählte, was vor fünf Jahren passiert war.

"Oh Đurđa, du bist an nichts schuld. Du warst jünger und viel unschuldiger, als du es immer noch bist. Und du hast Vladimir gebeten, als du neun Jahre alt warst. Mihael wusste nichts darüber und Vladimir und ich hatten damals darüber gelacht Ihre Gedanken zu diesem Thema. Nicht, um Sie zu verletzen, Liebling, niemals das. Nur, dass Sie immer ungestüm und ungeduldig waren. Aber Sie haben die Dinge in letzter Zeit schnell umgedreht. Und ich war so froh zu sehen, dass Vladimir seine Liebe zu Ihnen zurückbrachte. "

Stjepan fuhr mit einer sanften Hand durch Đurđas Haar.

"Sorry Stjepan ..."

"Sie haben nichts zu entschuldigen oder sich zu schämen, Đurđa. Mihael hätte das niemals tun sollen! Und so werde ich mich an ihm rächen!"

"Stjepan, bitte! Er wird dich töten! Und das konnte ich nicht ertragen!"

Đurđa war jetzt in ihrer Rede schwächer, kaum ein Faden des Lebens.

"Sie müssen mir versprechen, dass Sie nicht Rache suchen werden! Ich bitte Sie!"

Ihre Bitte stieß auf taube Ohren, als Stjepan sie lautlos wiegte und versuchte, ihr Wandern aufzuhalten.

Seine Augen verloren an Helligkeit, als er seinen Verletzungen immer mehr erlag.

Und er wollte oder musste nicht die Details darüber hören, was Mihael ihm angetan hatte.

Der Beweis war vor seinen Augen.

Und er verurteilte den Vampir für alle Ewigkeit, weil er ein so pulsierendes Leben beendet hatte.

Đurđa wusste, dass die letzten Atemzüge ihren Körper verließen.

Es wurde immer schwieriger für ihn, mit zerquetschter Lunge zu atmen, und kleine Blutstropfen kamen aus seinem Mund.

Seine Füße und Hände waren die ganze Zeit kalt gewesen und jetzt taub.

Sie zitterte, als sie in Stjepans Armen lag.

Sie hatte bereits Probleme, sich auf das hübsche Gesicht ihres Bruders zu konzentrieren und wusste, dass sie Wladimir's hübsches Gesicht nicht mehr sehen würde.

Er bedauerte, dass ihre Abschiedsworte wütend gewesen waren und dass sie ihn endgültig verlassen hatte, was er kürzlich geschworen hatte, niemals zu tun.

Sie machte einen letzten Versuch zu sprechen.

"Ich liebe dich und ich liebe Vladimir. Bitte denk daran. Ich werde in den Tod gehen und dich beide lieben. Keine Vergeltung. Ich will nicht ..."

Und damit ging Đurđa von dem Leben, das wir kennen, zu einem anderen über, von dem nur in stillem Flüstern und Ehrfurcht gesprochen wird.

Stjepan trug ihren Körper, der bereits leblos war, stärker an seiner Brust und weinte über ihr, während ihr Körper in seinen Armen noch kälter wurde.

Er hat lange mit ihr gerockt.

Sie bemerkte nicht, als Anđelko aufwachte, sie bemerkte nicht, dass die Zeit verging und sie bemerkte nicht die Kälte, die das Haus durch die offene Tür durchdrang.

Er wusste nicht, wie viele der Dinge, die Đurđa ihm offenbart hatte, aus seinem Bewusstsein zu rutschen begannen.

Aber er wusste über Schmerzen Bescheid.

Ein tiefer, scharfer Schmerz, der seine Seele ergriff.

Und als er dort bei ihr saß, ließ die Bitterkeit seines Todes sein Herz gegen Wladimir verhärten.

Wladimir war die Ursache, die Wurzel.

Er hatte Đurđa zerstört.

# KAPITEL LXV

"Es tut mir leid, Vladimir. Dieses Wissen über Mihael und seine Gemeinheit wurde in meinem Kopf zu einer Leere."

Stjepan lehnte sich gegen die Couch zurück, erschöpft von den Enthüllungen.

Alle weinten über die Art und Weise von Đurđas Tod.

Schwere Tränen und keuchende Atemzüge bei Mihaels Verrat.

Zumal Mihael ein Teil von Vladimir und Stjepans Leben geblieben war.

Wie er versucht hatte, einen Frieden zwischen ihnen auszuhandeln, indem er abwechselnd den einen und den anderen anflehte, sich hinzusetzen und ihre Beziehung zu reparieren.

Mihael war verantwortlich für den Riss, die Gemeinheit und hatte nie etwas gesagt.

"Warum? Ich verstehe nicht! Wie konnte Mihael uns so verraten haben?" Vladimir stöhnte tief in seinem Bauch. "Er war unser Lehrer, unser Führer, unser Mentor. Wie konnte er diese Freundschaft verraten, die Loyalität, in der wir ihm die ganze Zeit gedient haben?"

"Ich kenne meinen Freund nicht. Ich weiß, ich wünschte, ich hätte das nicht in meinem Kopf blockiert. Ich weiß, ich wünschte, ich hätte dich nie weggestoßen. Ich weiß, ich bereue mein Verhalten zutiefst."

"Ah Stjepan, nicht Sie haben unsere Freundschaft beschädigt! Das war Mihael! Ich sehe es sehr deutlich. Und er wird dafür bezahlen. Auch wenn er nichts anderes in meinem Leben tut, ich schwöre, er wird für das bezahlen, was er getan hat." Vladimir knurrte tief in seiner Kehle.

Den Rest der Nacht verbrachten wir damit, Pläne für Mihaels späteren Tod zu schmieden.

Gegen Morgengrauen warfen sich alle in ihre jeweiligen Betten, immer noch ohne ein vereinbartes Endergebnis.

Aber es gab Hoffnung.

Zumal Mihael nicht wissen konnte, was die ganze vergangene Woche passiert war.

Er hatte Stjepan und Vladimir getrennt angekündigt, dass er für ein Jahr in den Niederlanden sein würde, und das war vor ungefähr drei Monaten.

Sie wussten also, dass sie Zeit und Gelegenheit haben würden, sich auf die nächste Schlacht vorzubereiten.

Und mit dem Wissen, dass sie ihren Mentor zerstören wollten, kamen sie wieder mit einem gemeinsamen Ziel zusammen.


Aber das ist eine andere Geschichte ...

# ENDE

www.ingramcontent.com/pod-product-compliance
Lightning Source LLC
Chambersburg PA
CBHW021431150726
47989CB00001B/196